負けヒロインが多すぎる!SSS
雨森たきび
ILLUST.
いみぎむる
Special Stories
AMAMORI TAKIBI presents
Illust. by IMIGIMURU

CONTENTS

Too Many Losing Heroines
Special Short Stories

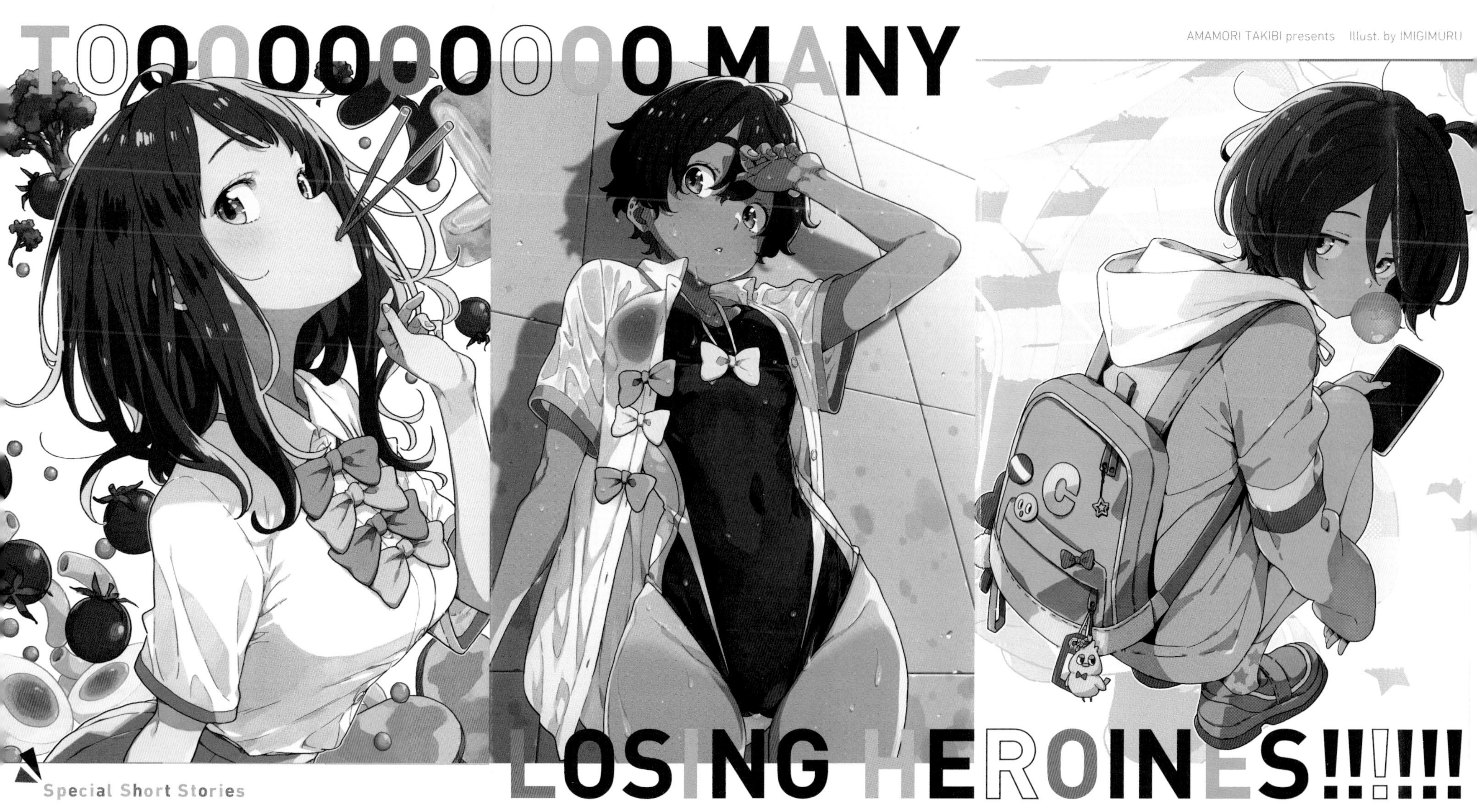
TOOOOOOOOOO MANY
AMAMORI TAKIBI presents Illust. by IMIGIMURU
Special Short Stories
LOSING HEROINES!!!!!!

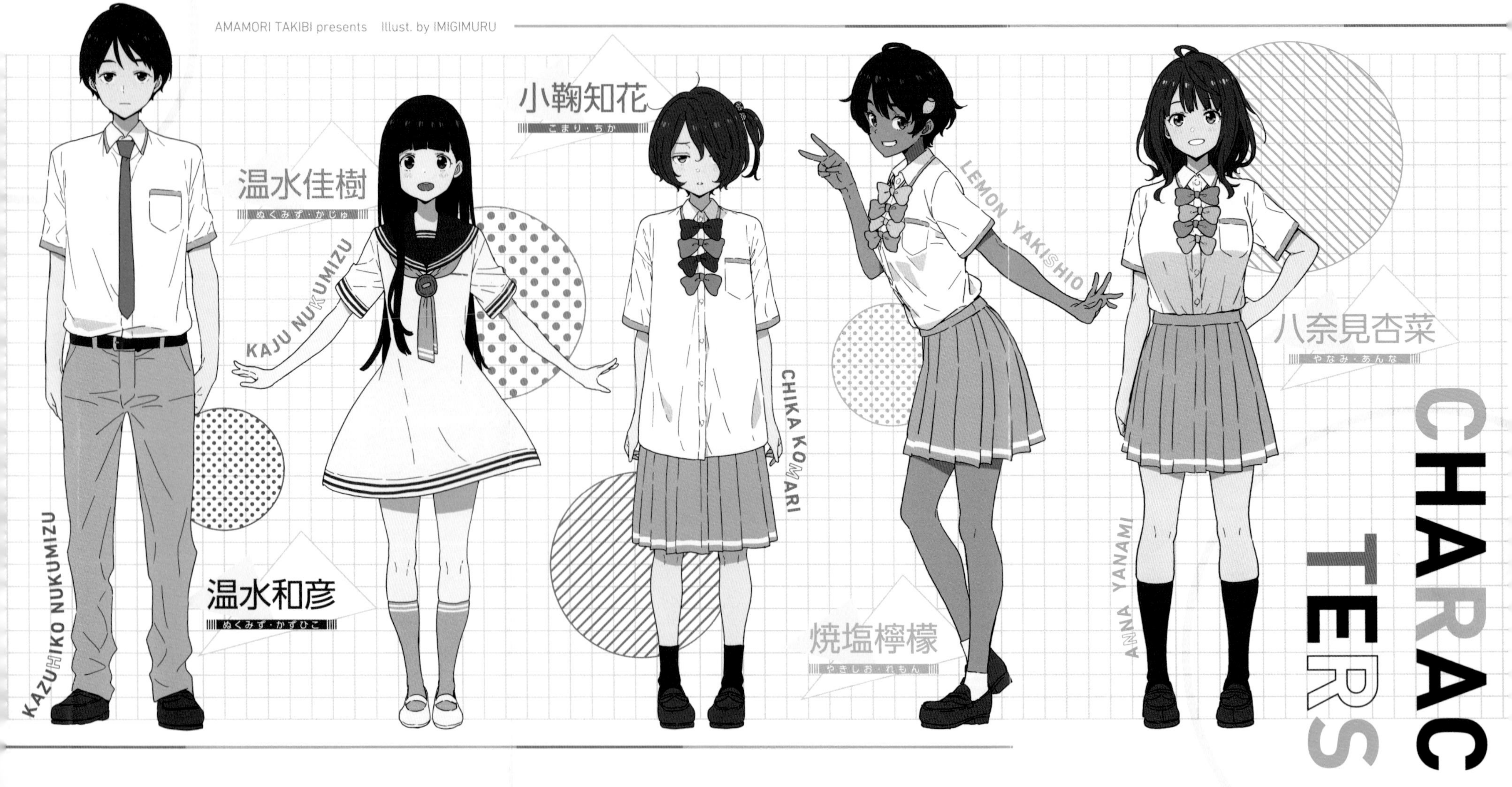

AMAMORI TAKIBI presents　Illust. by IMIGIMURU
温水和彦《ぬくみず・かずひこ》
KAZUHIKO NUKUMIZU
温水佳樹《ぬくみず・かじゅ》
KAJU NUKUMIZU
小鞠知花《こまり・ちか》
CHIKA KOMARI
焼塩檸檬《やきしお・れもん》
LEMON YAKISHIO
八奈見杏菜《やなみ・あんな》
ANNA YANAMI
CHARACTERS

雨森たきび
ILLUST.
いみぎむる
AMAMORI TAKIBI
presents
Illustration by
IMIGIMURU
SSS
Special
Short
Stories
負けヒロインが多すぎる!

CHARACTERS

登場人物紹介

温水和彦《ぬくみず・かずひこ》
高校1年生。
達観ぼっちな少年。
文芸部の部長。

八奈見杏菜《やなみ・あんな》
高校1年生。
明るい食いしん坊女子。

小鞠知花《こまり・ちか》
高校1年生。
文芸部の副部長。
腐ってる。

焼塩檸檬《やきしお・れもん》
高校1年生。
陸上部エースの
元気女子。

温水佳樹《ぬくみず・かじゅ》
中学2年生。
全てをこなす
パーフェクト妹。

月之木古都《つきのき・こと》
高校3年生。
元・文芸部の副部長。

志喜屋夢子《しきや・ゆめこ》
高校2年生。
生徒会書記。
歩く屍系ギャル。

玉木慎太郎《たまき・しんたろう》
高校3年生。
元・文芸部の部長。

綾野光希《あやの・みつき》
高校1年生。
本を愛する
インテリ男子。

姫宮華恋《ひめみや・かれん》
高校1年生。
圧倒的な
正ヒロインの風格。

馬剃天愛星《ばそり・ていあら》
高校1年生。
生徒会副会長。

朝雲千早《あさぐも・ちはや》
高校1年生。
綾野のカノジョ。

放虎原ひばり《ほうこばる・ひばり》
高校2年生。
生徒会長。

小抜小夜《こぬき・さよ》
養護教諭。
無駄に色っぽい。

甘夏古奈美《あまなつ・こなみ》
1－Cの担任。
ちっちゃ可愛い
世界史教師。

権藤アサミ《ごんどう・あさみ》
中学2年生。
高身長で、佳樹の親友。

桜井弘人《さくらい・ひろと》
高校1年生。
生徒会会計。

Special Short Stories

TOO MANY LOSING HEROINES!

1巻 Short Story of Vol.1

ショートストーリー

AMAMORI TAKIBI presents

Illust. by IMIGIMURU

メロンブックス特典SS

食欲よりも大切なモノ

放課後の部室。俺はお菓子の箱を挟《はさ》んで、一人の女生徒と向かい合っていた。

「部室に入った時、この箱は開いていた。そしてその時いたのは――八奈見《やなみ》さん。君一人だ」

表情を変えずに俺を見返す女生徒は八奈見杏菜《あんな》。クラスメイトで同じ文芸部の一年生だ。

「……温水《ぬくみず》君、確かにこの『ふわふわ豆大福』の箱は開いてる。それは私も認めるよ？」

「ああ、じゃあやっぱりこれを食べたのは――」

八奈見はゆっくりと首を横に振る。

「私がこれを開けたという証拠は？　そして――食べたという証拠は？」

……言い逃《のが》れをしようというのか。俺は両肘《りょうひじ》をつき、表情を隠すように口元を隠した。

「この箱は俺が今朝、この部室に置いたんだ。放課後の部会で皆で食べるようにね」

「え、待って。仮にだよ。仮に私が食べたとしても、それなら良くない？　私だって部員なんだし食べたって構わないでしょ？」

「確かに構わないよ。構わないけどさ」

俺は箱を指差しながら、空になった箇所を数える。全部で五箇所《かしょ》。

「だからって一人で五個も食べるのはどうかと思うな。むしろよくそんなに一人で――」

「待って！　五個じゃなくて四個だし！　一番端《はし》っこには吸湿剤《きゅうしつざい》が入ってて――」

言いかけて、思わず天を仰《あお》ぐ八奈見。

「やられた……！　悪質な誘導尋問《ゆうどうじんもん》に引っ掛かった……」

「……引っ掛かる方がどうかと思うぞ。それにやっぱ八奈見さんが食べたんだ」

八奈見は静かに頷《うなず》いた。ゆっくりと開いた掌《てのひら》から、大福の包み紙が机に落ちる。

「食べた。うん、確かに私が食べた。ふわふわ甘くて美味《おい》しかったよ」

こいつ、開き直りやがった。

「でもね、温水君。私が四つ食べて残りは六個。ちょうど部員の数だけ残ってないかな？」

「丁度？　俺に部長と月之木《つきのき》先輩、小鞠《こまり》……焼塩《やきしお》入れても5人だよな」

八奈見は迷いのない仕草《しぐさ》で大福を一個、自分の前に置く。

「この上さらに自分の分も食べるつもりか……？」

と、半分開いた部室の扉から、不安そうな小さな顔が覗《のぞ》いている。

小鞠知花《ちか》。同じ文芸部員の1年生だ。

「どうした小鞠。入らないのか」

「な、なんか、変なことしてるから……は、入りづらくて……」

「いやいや、大福を分けてるだけだって。ほら、小鞠の分もあるぞ」

「お、おお……ふわふわしてる……」

小鞠《こまり》は大福をハンカチで包むと、大事そうにカバンにしまう。

「お前は食わないのか？」

「こ、今晩、婆《ばあ》ちゃんが泊まりに来るから……婆ちゃん、和菓子好き……」

その言葉に、大福の包みを開けようとしていた八奈見《やなみ》の手が止まる。

俺はゆっくりと首を振り、八奈見の手から大福を取り上げて、そのまま小鞠に差し出した。

「！　待って待って温水《ぬくみず》君。ちょっと待って！」

「八奈見さん、今回ばかりは譲《ゆず》ってあげても――」

「温水君、違うの。私いま、大福よりも大切なモノを失ったような気がするんだけど？」

「あーうん。そんな気もする。これを機会に生き方を見直すのもいいんじゃないかな」

「……温水君はフォローして？」

俺たちのやり取りを眺めていた小鞠が、大福を握ったままオロオロと八奈見の顔を見る。

「え、あの、これ、もらっていい……の？」

「いいの、貰《もら》って！　温水君の分だし、遠慮《えんりょ》なくもらって！」

「……え？　今あげたの、俺の分なの？」

AMAMORI TAKIBI

PRESENTS

ILLUST. BY IMIGIMURU

アニメイト特典SS

一次審査開始です

夕暮れ時のキャンプ場。温水《ぬくみず》佳樹《かじゅ》は倉庫の陰《かげ》から顔を出し、スーパーの袋を手に提《さ》げて歩く兄の後ろ姿を見守っていた。

兄の隣には——一人の女子。二人で何やら話をしながら歩いている。

「お兄様……ついにやりましたね……ようやくお友達が……」

感極《かんきわ》まった佳樹はハンカチで目元を拭《ぬぐ》う。

いや、感激ばかりしていられない。何より相手は女子だ。兄にふさわしい女性かどうか見極めるのが妹としての責務である。制服のポケットから手帳を取り出すと、鉛筆の先をぺろりと舐《な》める。

……まずは見た目だ。上はざっくりと無地のTシャツ姿で、下は七分丈のテーパードパンツのラフな恰好《かっこう》だ。にも関わらず、ちらりと見える横顔だけでも目を惹《ひ》くほど可愛《かわい》いことが良く分かる。そして佳樹とは正反対の——実に男子受けしそうなスタイルの持ち主。

まずは『ルックス』、『スタイル』の項目に◎を付ける。

くだんの女子はなにかをポリポリ食べながら身振り手振り、兄に話しかけている。

(……何を話しているのでしょう。ひょっとして……愛の語らい?)

嗚呼《ああ》、ついに兄も女子と甘い会話をするまでに――。

遠くで見守っている場合じゃない。佳樹は会話が聞こえるところまで、こっそりと距離を詰める。決して野次馬《やじうま》なわけではなく、妹として兄の友人の人となりを知る必要があるのだ。

女子の明るい話し声が、佳樹の耳にもはっきりと聞こえる距離になる。

「――温水君、海水浴の時に思ったんだけど、ちょっと身体《からだ》が細すぎないかな。もっとご飯食べた方が良いよ」

女子は袋から緑色の物体を取り出すと、小気味いい音を立ててかじりつく。

「だからといってピーマンをスナック感覚で食べるのはどうかと思うぞ」

「いやいや、ピーマンって生でも食べられるんだって」

……スナック感覚？　兄の言葉に、佳樹は思わず女子の手元を凝視《ぎょうし》する。

お菓子でも食べているのかと思っていたが、彼女がかじっているのは生のピーマン。しかも丸ごとだ。

「ピーマンって中に白いモワモワあるだろ。苦くない？」

「かえって食感が変わって美味《おい》しいよ。うち、ピーマン中身ごと食べるし」

佳樹は少し考えてから『野菜好き』と手帳に書き込む。

野菜が好きで悪いことはない。将来的に兄の健康管理を任せるからには、栄養学は必修《ひっしゅう》だ。

（まずは温水家の味をしっかり覚えてもらわないと……最初は味噌汁《みそしる》からですね）

兄の好みは八丁《はっちょう》味噌《みそ》のカツオ出汁《だし》で、具はシンプルに豆腐と油揚げ——。

「待って八奈見《やなみ》さん、ピーマン全部食べちゃダメだって！」

兄は焦《あせ》り声で言いながら、女子の手からピーマンの袋を取り上げる。

「うわ、もう一個しか残ってないじゃん」

「一個残しとけば良くない？　みんなピーマンとか嫌いでしょ」

「俺、ピーマン好きだって。あ、ニンジンなら食べていいって意味じゃないから！」

「人をウマみたいに言わないで、さすがにニンジン丸かじりなんてしないって」

愛の語らい——ではなさそうだ。

佳樹《かじゅ》は音もなく二人の側から離れると、高く積まれた薪《まき》の後ろに身を隠す。そして手帳の『恋愛感情』の項目に大きく×を付けると、満足げな表情で手帳をパタンと閉めた。

「……やはりお兄様には、まだまだ佳樹が必要なようですね」

AMAMORI TAKIBI

PRESENTS

ILLUST. BY IMIGIMURU

Special
Short
Stories

ゲーマーズ特典SS

乙女会議のB to E

焼塩檸檬《やきしおれもん》は一日で更《さら》に小麦色が深まった両腕を伸ばす。

「八奈《やな》ちゃん、染《し》みるねー」

「だねー、檸檬ちゃん」

合宿一日目の夜。焼塩檸檬と八奈見杏菜《やなみあんな》は大きな湯船に並んで天井を見上げていた。

湯気が冷やされて落ちてきた雫《しずく》が八奈見の日焼けした肩に落ちる。

思わずうめき声をあげる八奈見に、焼塩が心配そうな視線を向けた。

「大丈夫？　いい化粧水あるから後で貸したげるよ」

「ありがと。日焼け止め、がっつり塗ったんだけどなー」

疲れた身体《からだ》に、ぬる目のお湯が染み渡る。時間が遅いせいもあり、浴場は二人の貸し切り状態だ。

湯の中で二人の頬《ほお》がほんのり桜色に染まりだした頃。

眠そうな目をしばたかせ、八奈見がぽつりと呟《つぶや》いた。

「……好きなのは長かったけど、振られるのはあっという間だったね」

「うん……瞬殺《しゅんさつ》だったね、あたしたち」

頷《うなず》きかけた八奈見が、思わず湯を波立たせて焼塩に向き直る。

「待って。私、結構いいとこまで行ってなかったかな？　瞬殺というのは違うかも」

「それを言うなら、あたしだって不戦敗《ふせんぱい》みたいなものだし。不戦……敗……」

どちらにせよ負けている。二人は静かに肩まで湯に浸かる。

「……草介《そうすけ》の奴、昔から胸の大きい子が好きだもん。華恋《かれん》ちゃんが転校してきた途端《とたん》、イチコロだったよ」

「いやいや、八奈ちゃんも相当なものだって。1年男子の決める隠れ巨乳ランキングで一位だって聞いたよ」

「……それ嬉しくないし。草介に好かれなきゃ、こんなの無駄だもん。無駄巨乳だもん」

「無駄巨乳……」

焼塩は小さな声で繰り返すと、惜しくもランキング外だった自分の身体を見下ろす。

「きっと光希《みつき》なら胸とか気にしないだろうな。だって、あいつの彼女もそんなに大きく――」

焼塩は言葉を切ると、顔を半分湯船に沈めてブクブクと息を吐き出す。

「檸檬ちゃん、湯船に顔つけちゃ駄目《だめ》だよー」

肺を空っぽにした焼塩が、プハッと音をさせて顔を出す。

「……じゃあ、あたしは他の部分で負けたってことだよね」

「かもしんない」

真実はいつだって、ちょっとばかりほろ苦い。

「八奈《やな》ちゃん。悲しくなるから、この話やめようか」

「だね。朝ごはんの話でもする？」

「それは朝になってからでイクない？」

焼塩《やきしお》のもっともなツッコミに、八奈見《やなみ》は無言でお腹《なか》を押さえる。

「……ダイエット頑張んないとな」

言いながら、こっそりとお腹の肉を指でつまむ。

「八奈ちゃん別に太ってないじゃん。少しくらいいいんじゃない？」

「振られたってさ。好きな人に可愛《かわい》くないとこ見せたくないし」

「あー、それ分かるかも」

二人は口をポカリと半開き、フワフワ漂《ただよ》う湯気を眺める。

「やっぱ八奈ちゃんは乙女だねー」

「私、乙女だよー　檸檬《れもん》ちゃんも乙女だよー」

「あたしも乙女かー」

窓の外から虫の音《ね》が聞こえる。

負けヒロインたちは湯気に心を濡《ぬ》らしつつ、それぞれの想いに身を委《ゆだ》ねていた。

AMAMORI TAKIBI

PRESENTS

ILLUST. BY IMIGIMURU

Special Short Stories

水着乙女のエトセトラ

とらのあな特典SS

白谷《しろや》海水浴場の更衣室。焼塩檸檬《やきしおれもん》は水着の紐《ひも》を留《と》めると、鏡の前でくるりと回る。

オレンジ色のビキニの端から覗く、白く焼け残った肌が少し恥ずかしい。

「ねえ、八奈《やな》ちゃん着替え終わった？　早く行こうよ！」

「檸檬ちゃん、ちょっと待って。……うん、大丈夫」

鏡を見ていた八奈見《やなみ》は一つ頷《うなず》くと、指先で肩紐《かたひも》をパチンと鳴らす。

「去年の水着で心配してたけど、ちゃんと入って良かったよ」

「あたしも昔買った奴だし、気にしなくても――」

八奈見の水着は花柄のビキニの上下。シンプルが故《ゆえ》に露出《ろしゅつ》が多めのデザインだ。

去年の水着とのことだが……一年分の成長が、布の下から少しばかり強すぎる主張をしている。焼塩は思わず八奈見の胸元を凝視《ぎょうし》する。

「八奈ちゃんそれ……ちゃんと入って……る？」

「え？　檸檬ちゃん、なんかマズい？　ちゃんと隠れてる？」

八奈見は焦《あせ》り顔でビキニのパンツを引き上げる。

「あー、ちゃんと隠れてるよ。隠れては、いる」

まあ、隠れているからには問題ない。焼塩が頷くと、八奈見はホッとして胸に手を当てる。

「なら良かった。ねえ小鞠《こまり》ちゃんは？　まだ着替えてるのかな」

「まだここの個室にいるよ。おーい、大丈夫？　倒れてない？」

焼塩は遠慮なしにドアノブをガチャガチャ回す。

「う、うぁ……だ、大丈夫……さ、先に行って……」

隣の個室の扉が開き、文芸部副部長の月之木古都《つきのきこと》が姿を現す。

「二人とも賑やかね。もう準備はOK？」

その姿に八奈見たちは思わず感嘆《かんたん》の声を漏《も》らした。

古都の水着は黒いワンピース。決して露出度が高いわけではないが、胸元をレースで覆ったデザインが目を惹《ひ》く。八奈見は細日で古都の大人っぽい身体《からだ》を見上げる。

「やっぱ18禁は違うな……」

「古都先輩って18禁なの？　あたし見てていいの？」

後輩二人の視線に物怖じすることなく、古都は髪をかき上げる。

「遠慮なく見てちょうだい。18禁でも表紙だけなら条例に違反しないわ」

しきりに頷く後輩二人に向かって、古都がパンと手を叩く。

「さて、小鞠ちゃんのことは私に任せて二人は先に行って」

いつの間にかビーチボールを膨《ふく》らませていた焼塩が目を輝かせる。

「ありがとうございます！　じゃあ八奈《やな》ちゃん、早く行こ！」

「うん！　じゃあ先輩、先に行きますね！」

元気よく飛び出す後輩たちを見送ると、古都《こと》は個室のドアをノックする。

「……もう行ったわよ。小鞠《こまり》ちゃん、そんなに恥ずかしがらなくていいのに」

ゆっくり開いた扉の隙間《すきま》から、小鞠が顔をのぞかせる。

「で、でも、スクール水着……ちょ、ちょっと恥ずかしい……」

「むしろそこがいいんじゃない！　大胆な水着は恥ずかしい。でもスクール水着もちょっと恥ずかしい！　羞恥心《しゅうちしん》に揺れる乙女心が、一番の見どころでしょ？」

「せ、先輩……ちょ、ちょっと……キモイ……」

小鞠の言葉に古都は急に真顔になる。

「キモくないよー。あなたの先輩、キモくないよー」

「わ、わりと……え、あ、はい……」

古都は黙って頷《うなず》くと、小鞠と手を繋いでビーチに足を踏み出した。

「そーか、私少しだけキモかったか……」

「う、うん……け、結構……キモかった……」

AMAMORI TAKIBI

PRESENTS

ILLUST. BY IMIGIMURU

Special Short Stories

いつでも買えるんです

精文館《せいぶんかん》書店特典SS

駅前に位置しながら東海地区最大級の売り場面積を誇《ほこ》る、精文館書店豊橋《とよはし》本店。

学校の帰り道、週三の巡回が高校入学以来の習慣だ。

今日は三階から攻めると決めてうろついていると、新刊の前で一人の小柄な女生徒が本の表紙をのぞき込んでいる。

小鞠知花《こまりちか》。同じ文芸部の1年生で立ち読みの常連《じょうれん》だ。いつもは猫背で店員さんの目をかいくぐりながら徘徊している小娘だが、今日は心なしか背筋《せすじ》も伸びている。

「小鞠、今日も立ち読みか？　漫画はシュリンクかかってるから読めないぞ」

「うぇ……？　ぬ、温水《ぬくみず》か。急に、話しかけるな」

相変わらず口は悪いが、今日の小鞠は表情に自信が満ちている。

「なんだか楽しそうだな。好きな本の新刊でも出たのか」

「ふ、ふふ……きょ、今日の私は、いつもと違う」

カバンをゴソゴソと探ると、一枚のカードを取り出す。

「さ、三千円の図書カード……おじさんに、もらった」

「なるほど。それで今日は大人買いでもするつもりか」

「い、いや……今日はあえて買わない」

「え、なんで？」

不思議に思う俺に向かって、小鞠はヤレヤレと首を振る。

「い、いつでも買える……そ、その上で店を回るのが……た、楽しい」

「それなら、いつだって買おうと思えば買えるだろ？」

「さ、財布にお札入ってるの……お、お小遣いもらった、次の日までだし……」

買えなかった。

確かに俺だって限りのある小遣いで本を買っている。幸いにも昼飯代をもらえてるから、それを削って本代に当てているが、新刊を買うときには熟考《じゅくこう》に熟考を重ねて――。

「あ、だも豊《とよ》の新刊出てるじゃん」

俺は平積みされているコミックを手に取る。小鞠が眉をしかめながら覗き込んでくる。

「え……だも、豊？」

「ほら、豊橋のご当地マンガで『だもんで豊橋が好きって言っとるじゃん！』ってやつ。そこにパネルも出てるだろ」

「そ、そんなのあるのか」

さて、今日の収穫はだも豊で決まりだ。特典の有無をチェックしつつ、本を小脇に挟む。

「か、買うのか？」

小鞠《こまり》が不審げな瞳で俺を見上げてくる。

「え？　買うけど」

軽く言った俺に小鞠が小さくうなりながら詰め寄ってくる。

「わ、私が、我慢してるのに……め、目の前で？」

え、ちょっと待ってくれ。書店で本を買ってなぜ責められてるんだ……？

「じゃあ今度貸してやるから。それで手を打たないか」

「い、いいのか？」

途端に機嫌を直した小鞠は棚に手を伸ばす。

「い、1巻は持ってるのか？　ないなら、一緒に」

「持ってるし。こら押すなって」

レジに向かって背中を押されながら、妹以外に本を貸すなんて初めてだと気付いた。

そんな放課後の一幕。

AMAMORI TAKIBI

PRESENTS

ILLUST. BY IMIGIMURU

Special Short Stories

三洋堂書店特典SS

普通の本がお土産《みやげ》です

放課後の部室には俺と八奈見《やなみ》の二人。のんびりと文庫本を読んでいると、スマホから顔を上げた八奈見が俺の手元を覗き込んでくる。

「あれ、それって三洋堂のブックカバーだよね？　豊橋《とよはし》にお店あったっけ」

「ああ、こないだ家族で親戚のとこ行ってさ。その時に寄ったんだ」

俺は本をぱたりと閉じる。

「そういや、八奈見さん。なんで三洋堂のカバーって分かったんだ？」

「だって私も親戚んち行ったときによく寄るし。いいよね、いつも行かない店だと旅行気分で。普通の本がお土産《みやげ》になるっていうか」

普通の本がお土産か。八奈見にしてはいいことをいう。きっと朝からご飯をお代わりしてきたのだろう。

「温水《ぬくみず》君も豊川《とよかわ》に親戚いるんだ？　あそこの店さ、文房具も結構あるからシャーペンの新しいのを買ったんだけど――」

「あ、俺は名古屋の三洋堂だから」

「……え？」

ペンケースに手を突っ込んでいた八奈見の動きがぴたりと止まる。

「だから俺の親戚、名古屋にいるから。これも名古屋で買ったやつだし」

「……マウントとるんだ」

「え？」

八奈見がまた変なことを言い出した。

「私の親戚が豊川で自分のとこが名古屋だって、マウントとってるよね？　豊川には豊川稲荷《とよかわいなり》あるし。初詣《はつもうで》とか凄《すご》い沢山《たくさん》人来るし」

「マウントとかとってないって。でも名古屋には熱田神宮《あつたじんぐう》あるだろ。あっちの方が初詣の人出は多くないか？」

「そ、そうだけど……わ、私だって、えっと……大宮《おおみや》にイトコいるから！　首都圏だし！」

大宮……？　確か……埼玉だっけ。

「え、でもきっと大宮より名古屋の方が人口多くない？　それで本当に大丈夫？　俺にマウントとれてる？」

「なっ?!　だ、だから、埼玉ってほとんど東京だし！　東京は日本の首都だし！」

「ええ……それは流石《さすが》に雑過ぎないか？　もう一度埼玉の魅力を考え直してみよ？　ほら、色々あるだろ」

「えーと、ほら……ご飯が美味《おい》しい？」

お前なら全国どこでも美味《おい》しいだろ。

「そうだな。つまりその土地土地に良いところはあるんだし、どっちが上も下もないということだ」

「……だよね。ご飯は名古屋も美味しいよね。矢場《やば》とんのみそかつ食べたい」

何の話だ。良くは分からんが、八奈見《やなみ》も納得したようだ。俺は再び読書に戻る。

「やっぱ名古屋では駅のホームできしめん食べて、矢場とんでみそかつかな……関東じゃ食べらんないし……」

まだブツブツつぶやいている八奈見を横目に、俺は心の中で独りごちる。

……実は東京にも矢場とんあるんだけどな。

AMAMORI TAKIBI

PRESENTS

ILLUST. BY IMIGIMURU

Special Short Stories

甘味処がルーツです

TSUTAYA特典SS

夏休みもまだ三日目。時計の針は午後3時を指している。

俺は八奈見《やなみ》に市内のショッピングモール、アピタ向山《むかいやま》店に呼び出されていた。文芸部の備品の買い出しのためだ。

「ここ来るのも久々だな……あ、コーヒー豆、安くなってる」

買い物は1年生の仕事だが、今日都合が付いたのは俺と八奈見の二人だけ。テナントの店先を冷やかしながら、待ちあわせのフードコートに向かう。

――フードコートと八奈見。その組み合わせに一抹《いちまつ》の不安を覚える。わざわざ彼女がその場所を指定してきたのだ。大人しくしているとは思えない。

二階のフードコートに着くと、八奈見はすぐに見つかった。

昼飯時も過ぎ、客もまばらなコートの中央。八奈見が微動《びどう》だにせずに突っ立っている。

「お待たせ。八奈見さん、そんなとこでどうしたんだ」

「温水《ぬくみず》君、ちょっと大変なことになってしまった……」

見れば八奈見は片手にソフトクリーム、反対の手にラーメンを乗せたトレイを持ち、小刻みにプルプルと震えている。

「……ホントになにやってんだ」

「それがね……肩にかけたバッグがズリ落ちそうで……少しでもバランスを崩したら大惨事《だいさんじ》が待ってるの」

見れば両手が塞《ふさ》がった八奈見の肩には、ショルダーバッグがかかっている。八奈見の撫《な》で肩から今にもずり落ちそうだ。

反射的にラーメンのトレイを受け取ろうとすると、八奈見が小さく首を横に振る。

「駄目《だめ》だって！　今の奇跡的なバランスが崩れたら、ソフトクリームが落ちるから！　ラーメンとソフト、一緒にお願い！　そーっとだよ！」

「あー、はい」

俺は気のない返事をすると、ラーメンのトレイとソフトクリームを取り上げる。

「やっと動ける……ありがと、温水君」

八奈見は俺の手のソフトクリームを一口食べてから受けとると、フードコートの椅子《いす》に腰かける。俺はラーメンをその前に置いてテーブルの対角線上に腰を下ろす。

「お昼ご飯、食べそこねてさ。スガキヤ見たら我慢できなくなっちゃって」

独特の形をしたラーメンフォークを器用に操りながら、ラーメンを食べ始める八奈見。

ラーメンをすすりながら、お冷代わりに左手のソフトクリームを時々パクリ。

こいつ、旨そうに食うな……。一瞬八奈見に見惚《みと》れていたが、そもそも今日の目的は買い物だ。俺は気を取り直して周りを見回す。

「今日って確か……部室のカーテンが破れたから新しいのを買うんだろ？　食べたら早く行こうぜ」

「あ、早く来ちゃったからもう買ったよ。ほら」

八奈見《やなみ》がラーメンフォークで指した先、ショルダーバッグから、青色のカーテンの包みが見えている。

じゃあ俺、今日は何しに来たんだ？　文句を言いかけた俺の前で、八奈見はラーメンの焼豚を口に入れ、満面の笑みで頬張《ほおば》った。

「なに、温水《ぬくみず》君じっと見て？」

そんな顔を見せられちゃ文句の一つも言えなくなる。

「いや、何でもない。伸びる前にラーメンを――って、もう食べ切りそうだな」

まあ、これも友達付き合いという奴だ。俺は苦笑いしながら肩をすくめた。

AMAMORI TAKIBI

PRESENTS

ILLUST. BY IMIGIMURU

好奇心は男子高校生を殺す

BOOKWALKER特典SS

7月末、夏休み最初の登校日。

HRは昼前で終わり、俺は部室で優雅《ゆうが》なひと時を過ごしていた。

部室の窓から流れ込む風でカーテンがふわりと膨らむ。

梅雨も明け、夏も本番。それでも乾いた風は心地よく身体《からだ》の火照《ほて》りを冷ましてくれる。

俺は頰《ほお》に風を感じながら、『借りた部屋にJKが付いてきたけど、食費が高くてもう限界です』の最新刊をゆっくりと開いた。

読みかけのページから物語を再開していると、勢いよく部室の扉が開いた。

ゼリー飲料を口にくわえて入ってきたのは焼塩《やきしお》だ。手で絞《しぼ》って飲み干すと、ゴミ箱にナイスシュート。

「やあ、今日はぬっくん一人？」

「ああ、3年は今日は登校日じゃないし。八奈見《やなみ》さんも友達とご飯食べに行くって」

「ふうん、ちょっとさみしいね」

言いながら、テーブルにカバンをどさりと置く。

「焼塩、陸上部の練習は？」

「これからだよ。ちょっと職員室に呼び出されてさ。陸上部の部室に寄ってる時間ないから、ここからグラウンドに直行しようかなって」

　そういや運動部の部室棟《ぶしつとう》ってグラウンドの反対側だったな。

「文芸部の部室って意外と便利な場所にあるんだよね。裏門近いし、パンとか買いに行くにも丁度いいし」

　焼塩は話し続けながら胸元のリボンを外す。

「え、おい」

「一人で練習する日とか、便利だからここ使ってて。それでさ――」

　リボンを外した焼塩は、今度はブラウスのボタンを外しだす。

「ちょっ、着替えるなら出てくから言ってくれ。それにカーテン閉めないと――」

　慌てて窓を閉める俺に焼塩はキョトン顔を向けてくる。

「え？　大丈夫だよ、練習着を下に着てるから。上を脱ぐだけだって」

　あ、そうなのか。一人で慌てた俺がバカみたいだ。

　いやでも、目の前で女子が服を脱いでいるとか、思春期男子が気にならないわけはない。

「とにかく俺は外に出てるよ。カーテンも閉めとくぞ」

「ぬっくん紳士《しんし》だねー。そんなんされると、却《かえ》って恥ずかしいからそのままでいいよ」

「なんで着替え中に俺が外に出ると恥ずかしいんだよ」

「だから下は練習着だってば。だからぬっくんも普通にしててよ」

……うーんまあ、ある意味上着を脱ぐようなものだし。俺が気にし過ぎなのか。

焼塩《やきしお》が脱ぎ捨てたブラウスの下は、胸から下がむき出しのセパレートのトップスだ。俺は思わず顔を伏せる。

「あれ、ぬっくんどうしたの？」

「いや、ごめん。なんかスポ……ブラ……？　みたいに見えたから」

「だーかーらー、気にしなくても大丈夫だって」

まあそうだよな、練習着って言ってたし。

俺は落ち着こうとペットボトルのお茶を一口飲む。

「だよな。まさか人前で下着姿になるわけないしな」

「え？　これスポブラだよ？」

お茶吹いた。咳《せ》き込《こ》む俺の背中をバンバン叩く焼塩。痛い。

「ちょっとぬっくん、突然どうしたのさ」

「ちょっ、まっ！　ってことはそれ、練習着じゃなくて下着だろ?!」

「これ練習ん時着けるブラだし。いつもこの上にタンクトップ着て練習してるから、セットで練習着なんだよ」

なにその素敵な謎理論。

「分かった、分かったから俺は外に──」

焼塩はタンクトップを素早くかぶる。

「ほら、これで大丈夫でしょ」

「えー、まあ……」

「ぬっくん、女子に耐性なさ過ぎだって。陸上部入る？」

焼塩は苦笑いしながら俺の肩を叩く。

「入んないし。焼塩お前、男子部員に変な目で見られてないだろな？　男子の部室に一人で行ったりするなよ」

「そんなハシタナイことしないって。それに部の男子連中がそんな目で女子部員を見てるわけないじゃん」

んなわけないだろ。この俺ですら一杯一杯なのに、健康優良児の陸上部員が無防備な可愛《かわい》い女子をヤラしい目で見ないはずがない（偏見）。

モヤモヤする俺を尻目に、壁の時計を見た焼塩が小さく悲鳴を上げる。

「ヤバ、そろそろ練習始まる！」

焼塩はファスナーを下ろすとそのままスカートを床に落とす。

「え、おい！」

「ゴメン、ぬっくん！　服、適当に片付けといて！」

「え？　ちょっと――」

「ごめんねー！」

勢いよく部屋を飛び出していく焼塩《やきしお》。

脱ぎ散らかされた服を見ながら溜息をつく。女子の脱いだ服を片付けるとか、これ何のイベントだ……？

とはいえ、室内の惨状《さんじょう》を誰かに見られた方が却《かえ》って俺の立場が危《あや》うくなる。椅子《いす》の背もたれに引っ掛かっているブラウスをたたむと、床に落ちているスカートを拾い上げる。

放課後――誰もいない部室で、クラスメイトのスカートを手にしているこのシチュエーションヨン。

……変な気などありはしないが、少しくらい観察しても良かろう。

夏服のライトグレーのプリーツスカート。横にアジャスタが付いていて、ウエストの調整が出来るようになっている。

何気なく自分のウエストと見比べる。これ、アジャスタを一杯に広げれば――

「俺でも入るんじゃないか？」

……最初に釈明《しゃくめい》しておこう。別に実際に穿《は》こうという訳ではない。

俺に女装趣味はないし、女子の脱いだ衣服に興味があるわけでもない。

唯一つ言えるのは、人類の発展を支えてきたのは未知の世界へのあくなき探究心《たんきゅうしん》だ。

それだけを武器に大海に乗り出していった冒険者たちが、今の世界を形作ったと言っても過言ではない。

過去の無名の勇者たちの偉業《いぎょう》に比べたら、これから俺のすることは児戯《じぎ》にも等しい。ちょっと鏡の前で服を合わせて、サイズ感を確かめようというだけだ。

とはいえこの部屋に鏡はないから、スマホで写す必要がある。テーブルの上に据《す》え付けて全身が写る角度に調節する。

「鏡はＯＫ。リボンは……これ、どういう仕組みになってるんだ……？」

焼塩の脱ぎ捨てたブラウスまで着る必要はないが、男女の制服の大きな違いはスカートに次いでこのリボンだ。

毒を食らわば皿までとの言葉もあるように、ここで身を引いては意味がない。

あくまでも知的好奇心の赴《おもむ》くままにネクタイを引き抜くと、四つ並んだリボンを見様見真似《みようみまね》で首にぶら下げる。

……さて。あとはスカートを腰に当ててるだけだ。手に取ったスカートを目の前に掲げる。

おっと、一応カーテンが閉まってるか確認しておかないとな。アニメとかだと、カーテンが開いてて、誰かに見られるのが定番だ。

よし、ちゃんとカーテンは閉まってる。

部室の扉もちゃんと閉まっているし、全ては想定内に進んで――。

ただ一つ。扉の内側に、口を半開きにした小鞠《こまり》が立っていたのが想定外の出来事だ。

「……ああ、お疲れ」

「ぬ、温水《ぬくみず》……お、お疲れ……」

「……お前、いつからいた？」

「リ、リボンを首に付けてるころ、から」

あーうん、そうか。むしろ最初から見ていてもらった方が良かった気がする。

さて、釈明タイムの始まりだ。

「待て小鞠。これはそうじゃないんだ。純粋なる好奇心で――」

「か、構わない。つ、続けろ」

焦《あせ》る俺に構わず、小鞠は椅子《いす》に座ると悠然《ゆうぜん》とスマホをつつき始める。

「小鞠？　俺、別にそういう趣味じゃなくて、ちょっと出来心で」

「い、いいから……人、それぞれ……」

小鞠は優し気な笑みを浮かべてコクリと頷《うなず》く。

え、やめて。こんな時に優しくしないで。

俺はリボンをそっと外すと丁寧にテーブルに置く。

そして小鞠の隣の席に移ると、コホンと咳払《せきばら》い。

「小鞠、聞いてくれ。これは焼塩《やきしお》に服の片付けを頼まれただけだからな？」

「わ、分かったから。隣、来るな」

「本当に分かってるか？　リボンはほら、どういう仕組みになってるのかちょっと気になっただけで、決してこれを付けてみたいとか――」

思わずにじり寄る俺の顔を、スマホを押し付けて遠ざける小鞠。

「ま、待て、わ、私に迫るのは……解釈《かいしゃく》違い……」

「迫ってないし！　つーか小鞠の中では、俺ってどんな解釈なんだ？」

「わ、私の口から、言わせるのか？　き、聞きたいか？」

「……いや、やめとく」

「そ、それがいい」

小鞠は訳知り顔で頷くと、手元のスマホに視線を落とす。

俺は離れた椅子に座り直すと、略称『ＪＫ食す』の最新刊を再び開いた。

「……小鞠」

「な、なんだ」

「念押しだが、俺は女装癖とかないからな？　そこ大事だぞ」

小鞠は全てを見通したような眼で俺を見る。

「わ、分かってる。あ、相手の男の趣味に、合わせるのも大切」

「そんな特殊な関係の相手はいないし！　つーか、なんで俺の相手は男なんだ?!」

「だ、だから、と、隣来るなって……」

優雅《ゆうが》さはとっくにどこかに吹き飛んだ——そんな夏の一日。

AMAMORI TAKIBI

PRESENTS

ILLUST. BY IMIGIMURU

今日も良く負けてます

メロンブックス　ノベル祭り2021年夏

夏休みの補講《ほこう》も今日は昼前に終わった。

せっかく学校まで出て来たのに、まっすぐ帰るのももったいないな……。

ぶらりと文芸部の部室に行くと先客が一人。

先客の名は八奈見杏菜《やなみあんな》。夏休み直前に幼馴染《おさななじみ》に振られ、無事負けヒロインの仲間入りをしたクラスメイトだ。

椅子《いす》に座ったままグッタリと上半身を机に投げ出し、物憂《ものう》げにスマホを眺めている。

「温水《ぬくみず》君、お疲れー」

手を上げる元気もないのか、掌《てのひら》で机をペチペチ叩く。

「お疲れ。八奈見さん、机に顔付けると汚いよ」

「だって冷たくて気持ちいいし」

ペチペチペチ。ダラダラと机を叩く八奈見。この姿、負けヒロインとして不足はない。

俺は向かいの椅子に腰を下ろす。

「ねえ温水君。今日って登校日なのに、草介《そうすけ》と華恋《かれん》ちゃんは来てなかったでしょ？」

「ん？　そうだっけ」

俺は気のない返事を返す。

八奈見の言う草介とは、彼女を振った幼馴染の袴田草介《はかまだ》のことだ。転校生の姫宮《ひめみや》華恋と最近付き合いだした。

つまりこの二人の名前が出て来るということは——ロクな話ではない。俺は心の閉店準備を開始する。

「なんかさー、草介のやつ今日と明日、知多《ちた》半島の方に旅行に行くんだってさ。ウェイクボード習うんだって」

「ウェイ……？　なにそれ」

しまった。つい反応してしまった。八奈見が机に乗せた顔をグリンとこちらに向けて来る。

「なんかね、海の上でスノボみたいな板に乗ってね。ボートで引っ張ってもらうの」

良く分かんないけど今時の水上スキーみたいなものか。

「……でね、華恋ちゃんも今日から旅行に行くんだって」

八奈見がぽつりと呟《つぶや》く。さて、辛《つら》い話が始まるぞ。

「旅行ってどこに？」

「さあ。どこかは聞かなかったけど、帰りにお土産《みやげ》でカエルまんじゅう買ってきてくれるって」

カエルまんじゅう。名古屋土産の可愛《かわい》くも美味《おい》しいお菓子だ。そして袴田が旅行に行く知多半島は名古屋を通って南に行ったところにある。

「えーと、つまり二人で旅行に行ったのか」

「……かもしんない」

「一泊二日で」

「……まだ分かんないし。連続日帰りかもしんないし」

「往生際《おうじょうぎわ》が悪い」

八奈見《やなみ》が不機嫌そうに俺を見る。

「あの二人まだ付き合ったばかりだよ？　なんかあるには早くない？」

「そうは言っても付き合いだしたら、なんかあっても仕方ないじゃん」

「私とは１２年間、なにもなかったのに?!」

それは恋人でもなんでもないからだ。

口に出すには忍びなく黙っていると、八奈見はまたもスマホをポチり出す。

「あー……匂《にお》わせだ。これ、めっちゃ匂わせてる」

チラッチラッ。なんかたまに俺の方を見て来るし、かまえということらしい。

「なんかあったの？」

「二人、インスタに海の写真とか上げてるの。これって匂わせだよね？」

「あの二人のＳＮＳとか見ない方がいいぞ。ほら、心が死ぬし」

「そうは言っても見ちゃうよね。旅行とか言われると一日５０回は見るし、匂わせとか探しちやうし」

言いながらスマホをポチポチ叩く八奈見。

褒《ほ》められた趣味じゃないが……そうやって現実を受け入れつつ、人は大人になっていくもんだ。要するに好きにすればいい。

……でも待てよ。確か旅行は一泊二日だよな。

例えばこのまま八奈見が二人のSNSを監視《かんし》し続けたとしよう。

陽が沈むのに合わせて少しずつ減っていく投稿《とうこう》。そして21時頃から揃《そろ》って沈黙する二人のSNS――。

ゴクリ。思わず俺の喉《のど》が鳴る。

……これはいけない。いくら緩《ゆる》めの地獄《じごく》に慣れてる八奈見とはいえ、ガチの地獄はまだ早い。

俺は咳払《せきばら》い一つ、さり気なさを装《よそお》って話しだす。

「えーと、八奈見さん。二人の投稿を匂わせって言ってたけどさ、付き合ってんだから匂わせでも何でもないじゃん。むしろ――」

「むしろ……なんなの？」

「――ノロケ、じゃない？」

「ノロケ……？」

しばらくじっと画面を見つめていた八奈見は、ぱたんとスマホを机に置く。

「……見るのやめる」

それがいい。

ともかく一人の少女の心を守ったのだ。俺はホッとして本を取り出す。

さて、こないだ買った『妹だからラブコメできないって、誰が決めたのお兄ちゃん?』の新刊を読むとするか。

前巻のラストで兄妹の血が繋がっていないことが判明し、未曾有《みぞう》の大炎上を引き起こした問題作だ。新章で更なる衝撃展開に突入したと聞いて、気になって仕方が無いのだ。

……ネットストーカーを諦《あきら》めて暇《ひま》になったのか。八奈見《やなみ》は両手でペタペタと机を叩く。

「でもカエルまんじゅう楽しみだな。あれってさ、ひと箱一気に食べると流石《さすが》に胸焼けしそうじゃない?　でも、お茶と牛乳を交互に飲みながらだと意外といけちゃうんだよね」

「あー、そうだな。いけるよなー」

俺は適当に相づちを打ちながらページをめくる。

シリーズ恒例《こうれい》のお風呂シーンのイラストが今回は特に力が入っている。これは期待できるぞ——。

「なんかおまんじゅうの話してたらお腹《なか》空いてきたな。私、パンでも買いに行くけど、温水《ぬくみず》君はどうする?」

「お風呂——え、なに?」

「……こっちのセリフだよ温水君。突然なにキモイこと言いだしたのかな」

キモいとは失礼な。口絵のお風呂の洗いっこシーンを先読みするかどうか迷ってただけだし。

「こっちの話だって。八奈見さんパン買いに行くの？　丁度良かった、今日購買休みだったもんな」

俺はポケットの財布を探る。

「……待って、あたしに買いに行かせようとしてない？」

え、そうだけど。なんかマズかったか。

「あのね、女の子は一緒にパンを買いに行って欲しいの。もしくは代わりに買ってきて欲しいの」

またなんか面倒なことを言ってるが、買いに行ってはくれないみたいだ。

「いいよ、俺が買ってくる」

八奈見はムクリと上体を起こす。

「やっぱ一緒に行こうよ。この時間ならコンドーパンの品揃《しなぞろ》えもバッチリだから、自分で選びたいし――」

言いながらスマホを持ち上げた八奈見が急に黙り込む。

「八奈見さん？」

「……見てしまった。あの二人、水着もお揃いだ……そこ揃えるか……」

「だから見るなって言ったろ」

「見たくなんてなかったもん。私悪くないもん」

八奈見《やなみ》は再び机に突っ伏す。

「八奈見さん。パン買いに行かないの？」

「……私、部室で埃《ほこり》とか食べてるから。温水《ぬくみず》君は気にせず行って」

部室がピカピカになりそうで悪くはないが、俺も鬼ではない。

「そう落ち込むなって。パンくらい奢《おご》るぞ」

「え、いいの？」

八奈見は目を輝かせて立ち上がる。こいつ切り替え早いな。だが、パンの1個くらいで機嫌を直してくれるなら安いもんだ。

「ありがと！　何個までいいの？　4個？　5個？」

「え、そんなに何個も食うのか？　あ、いや2個まで、2個まではいいから！」

「やった！」

しまった、自分基準で考えていた。昼飯のパンとか1個食えば十分だと思っていたが、相手は八奈見だ。

早くも後悔しているが、八奈見の笑顔を見ていると文句も言えない。

と、八奈見が俺を見返してくる。

「なに？　私の顔をジッと見て。そんなに可愛《かわい》い？」

「頬《ほ》っぺた、机の跡ついてるぞ」

「嘘《うそ》!?」

焦《あせ》って顔をペタペタ触る八奈見。俺は苦笑しながら部室の扉を開ける。

夏休みはまだ始まったばかり。今日も暑くなりそうだ——。

AMAMORI TAKIBI presents　Illust. by IMIGIMURU

ANNA

八奈見杏菜

YANAM

誕生日・・・・・・・・11月29日

身長／体重・・・・・156cm / ??kg

マイブーム・・・・・ラーメンの食べ歩き

好きな豊橋グルメ・・なめし田楽

子どもの頃の夢・・・お嫁さん

Special Short Stories

Special Short Stories

TOO MANY

2巻 Short Story of Vol.2

ショート

ストーリー

AMAMORI TAKIBI presents

Illust. by IMIGIMURU

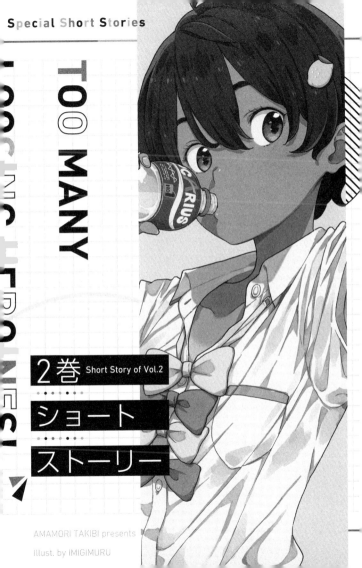

夏の妖精はいたずら好き

メロンブックス特典SS

夏休み。学校の図書室に本を借りにきた俺は、日差しを避けて校庭の端《はし》を歩いてた。さすがにこうも暑いと、グラウンドの人影もまばらだ。

ふと、頭上から聞き慣れた声が降ってくる。

「あれ、ぬっくんじゃん。なにやってんの？」

この声は焼塩《やきしお》だ。俺が顔を上げると、視界一杯に焼塩の水着姿が映りこむ。

日焼けした肌は水に濡《ぬ》れて陽にきらめき、しっとりと湿った水着が焼塩のスレンダーな身体《からだ》に張《は》り付いている。

俺は素早く目を逸《そ》らしたが、水着の端の日焼け跡がバッチリと目に焼き付いた。

「っ！　いや、あの……お前、なんでそんな格好してるんだ?!」

「プールだからに決まってんじゃん」

……そりゃそうだ。俺はプールの横を通りかかっていたらしい。

視界の端に焼塩の姿を捉えながら、大きく深呼吸。

「俺は図書室に行こうかと。焼塩、水泳部も入ってたのか？」

「水泳部の掃除手伝う代わりに、女子陸も泳がせてもらってるんだ」

「そ、そうなんだ。じゃ、俺行くから……」

「あ、ぬっくんちょっと待って！」

焼塩はフェンス越しにしゃがみ込むと、俺をのぞき込んでくる。

「数学の宿題、プリントが出てたでしょ。捨てちゃったからコピーさせてよ」

「……なんで捨てるんだよ」

「仕方ないじゃん。夏休みに入った解放感っていうか、そんな感じでバーッとしちゃったんだもん」

「そのプリントならもう終わったし。書き込みしてるから、コピーしても意味ないぞ」

「へ？　なんでもう終わってるの？　まだ夏休み終わってないじゃん」

夏休みに夏休みの宿題やるのって、そんなにおかしいことなのか……？

「じゃあ、それでもいいから貸してよ。回答前のプリントは他の人に借りるし」

「なんか目的が変わってないか？」

俺たちが話しているのを聞きつけたのか、陸上部の女子連中が集まってくる。

『檸檬《れもん》どうしたのー』『彼氏？』『マジでー？』

「違う違う。ただのぬっくんだよ」

焼塩が笑いながら手を振る。なんなんだ、ただのぬっくんって。

『ぬっくん、こんちわー』『檸檬の水着、見にきたのー？』『わー、肌白ーい。顔赤ーい』

視界に増えていく肌色率。ええ……なんで俺、水着姿の女子たちに絡《から》まれているのか。

「そ、それじゃ、邪魔したな。俺、急いでるから」

「待ってってば！　宿題のプリントはどうなったのさ」

「先生にもらえばいいじゃん」

「えー、数学の先生怖いし。……それよりぬっくん、なんでさっきからこっち見ないの？」

「だって……水着だし……」

いくらなんでも女子の水着姿を間近に見るとか俺には刺激が強すぎる。勘弁《かんべん》してくれ。

モジモジしている俺を横目に、陸上部女子たちがコソコソ話しをしている。

『……なんか水着見せたら、宿題写させてくれるんだって』『マジで？』『なんかエロくない？』

「え？　いや、別にそんな話は……」

俺の弱々しい否定を、焼塩《やきしお》の明るい声が塗り潰す。

「そうなのぬっくん!?　あたしの水着見る？」

「へっ?!　いや、あの、分かったから！　先生から新しいプリントもらって、部室に置いとくから！」

俺は言い残すと、急ぎ足でその場を逃げ出す。背中に陸上部女子たちの黄色い声が投げられる。

『ぬっくん、じゃーねー！』『私の分もよろしくー！』『檸檬《れもん》に手を出すなよー！』
……いやホントに、勘弁してください。

○○さんってなんかアレです

アニメイト特典SS

俺の部屋での作戦会議も終わった。一礼をして立ち去る朝雲《あさぐも》さんを見送ると、俺は玄関の扉を閉める。さて、綾野《あやの》と光希《みつき》の浮気調査とか、大変なことに巻き込まれたぞ――。

「朝雲さんってさ。可愛《かわい》いけどちょっと変わってるよね。温水《ぬくみず》君もそう思わない?」

「え? ああ、確かにそうだね」

八奈見《やなみ》さんはシリアスな空気もどこ吹く風、鼻歌まじりで部屋に戻ろうとする。

「あれ。八奈見さんはまだ帰らなくていいの?」

「うん、母さんが仕事終わりに車で拾ってくれるっていうから、夕方までいようかなって」

そうなのか。でも、さすがにそれはマズくないか。いくら相手が八奈見とはいえ、俺の部屋で二人きりだぞ。ラノベでも4巻くらいでようやくたどり着くイベントで――。

んー……でも、八奈見だしな。まあいいか。

と、階段に足を伸ばした俺の腕を掴《つか》む小さな手。佳樹《かじゅ》が俺を引き留めている。

「……お兄様。今日初めてこられたお友達、朝雲さんでしたよね。恋人のいらっしゃる女性とお兄様――一体、どういう関係ですか?」

関係って言われても、むしろ無関係に近い間柄《あいだがら》だ。

「えーと。あの子の彼氏と知り合いだから、ちょっと相談を受けてただけだよ」

よし、嘘《うそ》はついてない。佳樹もこの説明に納得したのか、ホッとした顔になる。

「そうだったんですね！　すいません差し出がましいことを。そうそう、今晩のおかずはお兄様の好きなピーマンの肉詰めですよ！」

へえ、肉詰めか。ぼんやり夕飯に想いを馳《は》せていると、佳樹の背後に質量大き目の影が迫る。

「妹ちゃんだ！」

「にゃっ?!」

八奈見は突然、佳樹の後ろから覆いかぶさると、ニコニコ顔で撫《な》で回す。

「うっわ、近くで見ると顔ちっちゃ！　肌すべすべ！　かっわいい！　今日の夕飯、ピーマンの肉詰めなの？　他にもなにかあるの？」

「えっ？　えっ？　海藻サラダと緑豆《りよくとう》の冷製スープを——」

「私一人っ子だからこんな妹ちゃん欲しいなー。これは温水君が変な気を起こすのも分かるよ」

「!?　そうなんですか、お兄様！」

満開の笑顔で俺を見上げる佳樹。待て、なんでそんなに嬉しそうなんだ。

「いや、起こさないし。八奈見さん変なこと言わないで」

「でも、妹ちゃん可愛いじゃん。ね、私のことお姉ちゃんとか呼んでみる？　みよっか！」

「え、あの、八奈見さん……」

「お・ね・え・ちゃん！」

「あ、はい。八奈見《やなみ》……お姉ちゃん」

「にゅあー、可愛《かわい》いねー！」

八奈見に頬《ほお》ずりされる佳樹《かじゅ》の目が死んでる。気持ちは分かるぞ。

「八奈見さん、落ち着いて。さっき部屋で会ったじゃん。なんで今そんなテンションなの？」

「分かってないなー。さっきはちょっとシリアスな展開だったじゃない？　だから私もずっと真面目にしてたっていうか」

なるほど、さっきまでの八奈見はシリアスモードだったということか。しまったな、全然気付かなかったぞ……。

「いやー、やっと肩の力を抜けるよ。あ、妹ちゃん。夕飯の支度手伝ってあげようか。お姉ちゃん結構料理できるんだよ。ピーマンの肉詰め、いくつ作るの？　余りそう？」

「なんでそんなに、俺の家の夕飯事情に興味があるんだよ……」

黙って撫《な》でられていた佳樹が、俺に意味ありげな視線を向けて来る。

「お兄様。八奈見さんってなんか……」

「……ああ、だよな」

「はい。ですね」

俺と佳樹は顔を見合わせて大きく頷《うなず》く。

「なになに、二人してなんの話してるの？　秘密の話？」

俺と佳樹は声を合わせて答える。

「「はい、秘密の話です」」

泡と乙女の、あふれるオモイ

とらのあな特典SS

「おお……檸檬《れもん》ちゃん、これは良い泡だよ！」

焼塩《やきしお》檸檬の祖母の家。八奈見《やなみ》はその浴室で、両手一杯のきめ細やかな泡に目を輝かせた。

石鹸《せっけん》の泡立ちといい香りといい、自宅で使っているものとは段違い。柔らかなスポンジに乗せて腕に擦《す》り付けると、まるで肌に吸い付くように広がっていく。

「良く分かんないけど、これって相当高いやつだよ。それに浴室も凄《すご》い豪華だし――」

八奈見は身体《からだ》を洗いながら周りを見回す。

広い浴室の壁面は、カラフルなモザイクタイルで飾られ、白いバスタブは映画で見るような猫足だ。

「……ひょっとして檸檬ちゃんのおばあちゃん、お金持ちなの？」

「そんなことないって。前の持ち主がお風呂にこだわってたみたいでさ」

檸檬はうつぶせの格好で、足でパシャリとお湯を叩く。

「石鹸だって今日は特別。おばあちゃん、あたし用に高いのをいつも置いてくれてるんだよ」

「へえ、大事にされてるんだね」

八奈見の言葉に、檸檬は照れたような笑みを浮かべる。

「そうなのかな。おばあちゃんが、お肌の手入れはちゃんとしなさいって言ってさ。若いうちは良くても、大人になると後悔するよって」

「……その通りだよ檸檬ちゃん」

八奈見の声が急に低くなる。檸檬が意外そうな表情で振り返る。

「あたしたちまだ高校生でしょ。そんなの気にするのは早くない？」

八奈見は真剣な表情で首を横に振る。

「檸檬ちゃん、若いからってあぐらをかいてるとあっという間だからね？　お肌だけじゃないの。私も最近代謝《たいしゃ》が落ちてきてさ。全然食べてないのにお腹《なか》に肉が付いちゃうし」

「へぇ……」

何かを言いかけた檸檬は、そのまま口を閉じる。ツッコミより友情を取ったらしい。

「檸檬ちゃんはお肌綺麗《きれい》だよ？　でもね、なんにもしなかったら、将来大変なことになっちゃうから」

「待って、ちゃんといい化粧水と乳液も使ってるよ。これ一個で大丈夫って書いてあるやつ」

「よし、あとでお肌の手入れの仕方、教えたげる！」

八奈見はシャワーで身体の泡を洗い流すと、身体を伸ばしながら立ち上がる。

「私も猫足のお風呂、入らせてもらおうかな」

「はい、じゃあ交代」

檸檬《れもん》と交代した八奈見《やなみ》は、猫足のバスタブに身体《からだ》を沈める。

あふれ出たお湯が勢いよく床に流れ、洗面器が壁にコツンとあたる。

「入浴剤もいい香りだね。おばあちゃん、センスが――」

八奈見は言葉を切ると、思案深げな表情で天井を見上げる。

さっきまで檸檬の入っていた浴槽――あふれ出るお湯――。

それが意味するものは明白だ。

「……檸檬ちゃん、実は半身浴してたとか？」

「え、なにが？　お風呂は肩までつからないと風邪《かぜ》ひくよ」

「そうだね、風邪ひくよね……」

頭を洗う檸檬の背中を眺めつつ、八奈見はそっとお腹《なか》をつまんだ――。

AMAMORI TAKIBI

PRESENTS

ILLUST. BY IMIGIMURU

精文館《せいぶんかん》書店特典SS

創業100周年　~Since 1923

放課後、部室の扉を開けるとそこには小鞠《こまり》の姿。軽く挨拶《あいさつ》をすると、無言で手元をじっと見つめている小鞠を横目に椅子《いす》に座る。

「小鞠、なに見てるんだ?」

「せ、精文館書店の、100周年のやつ……買った」

ドヤ顔気味にトートバッグを見せつけてくる小鞠。あれ、これって確か。

「そのトートバッグ手に入れたのか。本店では売り切れだったぞ」

「そ、そうなのか。残念、だったな」

ニヤニヤしながらバッグをしまい込もうとした小鞠に、俺は真顔で手を上げる。

「……小鞠、商売の話をしよう」

「しょ、商売……?」

俺は頷《うなず》くと、財布から取り出したカードをテーブルに置く。

「そのトートバッグ。定価プラス、クオカード1枚でどうだ」

「ク、クオ……カード?」

「ああ。図書カードみたいな商品券ってところだな。コンビニで使えるぞ」

「つ、つまり……て、転売しろ、と」

あえて答える必要もあるまい。無言の俺を、小鞠がジト目で見てくる。

「……さ、最低、だな。それにコンビニ、あんまり、行かない」

「でも、いつも昼飯がバターロールばっかじゃ飽きるだろ。たまには別のを買ったらどうだ」

前髪の隙間《すきま》で、小鞠の目がギラリと光る。

「あ、飽きる飽きないじゃ、ない。安いか、否か——そ、それだけだ」

「金ないんなら、なおさらクオカードがあった方がいいだろ……。たまには好きなパンとか買えばいいじゃん」

「す、好きなパン……？　あ、甘食《あましょく》とか、買える？」

「ああ、好きなだけ買えるぞ」

スマホで何かを調べていた小鞠が、ハッと顔を上げる。

「く、クオカード、精文館書店でも、つ、使えるな」

え、そうなの？　小鞠がテーブルのクオカードに指を置く。俺も反射的に手を伸ばす。

「……ぬ、温水《ぬくみず》。な、なんでカードを、お、押さえる？」

書店で使えるとなると、なんか急に惜しくなってきた。俺は指に力をこめる。

「いやほら。やっぱ転売とか良くないかなって。お前こそ、そのトートバッグ気に入ってるんだろ。今しか買えないぞ？」

「し、市立図書館近くの、精文館《せいぶんかん》に、まだあるし」

早く言え。文句の一つも言おうとした矢先、小鞠《こまり》の小さな手がクオカードを奪い取る。

「じゃ、じゃあ遠慮なく」

「待て、やっぱり止《や》め——」

言いかけた俺の目に、嬉しそうに口元を緩《ゆる》める小鞠の笑顔が飛び込んできた。

……まあ、そこまで喜んでいるなら野暮《やぼ》は言うまい。

「わ、私……きょ、今日は帰る」

笑顔のまま立ち上がる小鞠。早速、書店に行くつもりらしい。

俺は苦笑いしながら小鞠を見送ると、一人になった部室で本を開く。まあ、トートバッグを買いそこねていたのは確かだ。手間賃と思えば悪い話じゃ——あれ？

俺、クオカードとられただけで、トートバッグ売ってもらってないぞ……？

AMAMORI TAKIBI

PRESENTS

ILLUST. BY IMIGIMURU

秘密の胸元

三洋堂書店特典SS

夏休みの昼下がり。俺は部室で一人の穏やかな時間を過ごしていた。

「……一人は良い」

思わず口から言葉がもれる。本を借りに来ただけのつもりだったが、誰にもウザ絡《がら》みされることもなく、のんびり読書を楽しむ部室の居心地は実に快適だ。

と、ページをめくる手が止まる。

「なんの音だ……？」

廊下からペタペタと何かの音が聞こえてきたのだ。部室があるのは旧校舎の奥。だんだんと近付いてくるのは足音か。しかも——裸足《はだし》？

「良かった、鍵が開いてた！　ぬっくん、邪魔するよー」

にぎやかな声と共に部室に入ってきたのは焼塩檸檬《やきしおれもん》。ペットボトルをあおりつつ、なぜか濡《ぬ》れた靴を持っている。

「うわ、靴から水が垂れてるぞ。なんでそんなに濡れてるんだよ」

「友達と水のかけっこしてたら、靴がビチャビチャになっちゃってさ」

……水のかけっこ？　俺たちもう高校生だよな。

いやしかし。青春の名のもとに、多少の無法が通るのが陽キャというものだ。焼塩といえども、ちょっとあざと可愛《かわい》く、はしゃいでみせたりする日もあるに違いない。

「焼塩、テーブルの上に濡れた靴下置くなって！　ハンガーあるから——ああもう、部屋の中で靴の水を切らないでくれ」

……こいつはただの悪ガキだ。俺はハンガーに濡れた靴と靴下を吊るすと、窓の外に干す。

「ありがと。ぬっくん、いいお嫁さんになれるよ」

「部室には本がたくさんあるんだし、水には気を付けてくれ」

言いながら、ようやく焼塩の格好に気付いた俺は顔を伏せる。焼塩の第二ボタンまで開けたブラウスの隙間《すきま》から、胸元の日焼け跡がはっきり見えるのだ。

「どしたの、ぬっくん。急に目を逸《そ》らして」

「だから……制服のボタンはちゃんと留めような」

「夏なんだし、ボタンくらい外すよ。ぬっくんの方こそ、第一ボタンまで閉じて暑くない？」

「え？　だってネクタイ締めるんだから、ボタンは上まで留めないと」

俺の言葉に構わず、焼塩が無邪気な笑顔で近付いてくる。視界に迫る胸元の日焼け跡。

「前から思ってたけどさ。ぬっくん、ワイルドさが足りないよね。ボタンも外して、髪型とかちょっと変えてみようよ」

「っ!?　ちょ、ちょっと、近いって！」

「ほらほら、ネクタイ緩《ゆる》めてボタンは二つくらい開けないと。ぬっくん、肌白いなー」

「待て、勝手にボタン外すな！　こんなところ誰かに見られたら！」

そう。こんな時、いつも出てくるやつに心当たりがあるのだ。そいつの名は——。

「ふぁっ⁈　な、なに……して……る？」

「あ、小鞠《こまり》ちゃん。いらっしゃい」

……小鞠知花《ちか》。扉を開いた格好のまま、口を半開きにして立ち尽くす小鞠に向かって、焼《やき》塩《しお》は笑顔で手招きをする。

「小鞠ちゃんも一緒にする？」

「ひぅっ⁉　わ、私は、いい……」

小鞠は首を横にフルフルと振りながら、開けかけた扉を閉じる。パタパタ遠ざかる靴の音。

「ありゃ、小鞠ちゃん帰っちゃった」

「……お前、今の小鞠に完全に誤解されてるぞ」

「ぬっくんのイメチェンしてただけじゃん。なんの誤解をされたっての？」

「え？　そ、それはその……あれだよ、あれ」

俺のはっきりしない受け答えに、焼塩はつかんだネクタイから手を離す。

「よく分かんないけど、誤解を解いた方がいいかもね。小鞠ちゃん連れてくるね！」

「あ、おい！　別に連れてこなくても——」

小鞠を追って部室を飛び出す焼塩。
残された俺は自分の乱れた服を見下ろすと――急ぎ足で部室から逃げ出した。

褐色娘、夜明けを走る

まだ夜の明けきらない住宅街で、俺は腕時計に目をやった。

AM5：55――。立ったまま寝そうになる俺の服を、小さな手が雑に引っ張る。

「ぬ、温水《ぬくみず》。ね、寝るな」

「……お、おう」

俺の横で、あくびを嚙《か》み殺しているのは小鞠知花《こまりちか》。体操服の『1－A　小鞠』の文字が朝日に眩《まぶ》しい。そして俺が立っているのは小鞠の自宅前だ。

――なぜこんなことになったのか。

図書室での蔵書整理中の世間話。焼塩《やきしお》と一緒に走る羽目になった……と小鞠に聞かされたのを覚えているだろうか。

繰り返される小鞠の愚痴《ぐち》に、「出来ることがあったら何でもするから」と適当に答えたのが運の尽きだ。俺も夏休みの早朝ランニングに付き合わされることになった。

「だからって俺が加わっても、お前が楽になるわけじゃないだろ？」

「わ、私は途中で抜けるから、温水が焼塩の相手、しろ」

「俺が？」

焼塩の相手とか無茶を言う。

そもそも俺は運動どころか、文庫本より重い物を持たない主義だ。途中で腕がプルプルするから、大判本は電子書籍で読むと決めてるし。

時計を見るとＡＭ５：５８。約束の６時まであと少しだ。

「そろそろ時間だな……」

聞こえてきたスズメの鳴き声に顔を上げると、猛スピードで突っ込んできた女子が目の前で急ブレーキをかけた。

「やあ！　二人とも、おはよ！」

ハイテンションに登場したのは焼塩檸檬《れもん》。

日焼けした顔から汗を拭《ぬぐ》いつつ、向日葵《ひまわり》のような笑顔を向けて来る。

「お、おは、よう」

「おはよう……」

俺と小鞠は力なく手を上げる。

焼塩はＴシャツにショートタイツの簡単な恰好だ。汗で張り付いたシャツ越しに、部活で引き締まった身体《からだ》のラインが良く分かる。

朝から目に優しい光景ではあるが、それより寝たい。この光景を目に焼き付けて今すぐ寝たい。

「晴れてよかったね！　あ、小鞠ちゃん、金魚見ていい？」

「え、あ、見るだけなら……」

軒下の火鉢に走り寄る焼塩《やきしお》。それを確認してから、小鞠《こまり》が上目遣いに俺を睨《にら》んでくる。

「ぬ、温水《ぬくみず》。し、視線が、いやらしい」

「なるほど、小鞠にはそう見えたか」

あえてそれ以上は言わずに黙っていると、金魚を見ていた焼塩が、目を輝かせながら手を上げる。

「ねー、小鞠ちゃん。金魚に餌《えさ》あげていい？」

「え、餌はうちのチビスケが、た、楽しみにしてるから」

「そっか、じゃあ見るだけだね。水もらうよー」

チビスケ……？

水道の蛇口から水をガブ飲みしている焼塩を眺めつつ、小鞠にさりげなく顔を寄せる。

「……小鞠。お前、子供がいたのか？」

「こ、子供っ?!　お、弟と妹、だ！」

「そうなの？　実は子持ちなのかと、ちょっとワクワクしたのに」

「し、死ね……！　十回くらい、死ね」

こいつ相変わらず口が悪いな。同級生女子がママさんとか、設定だけでトキメクのは許して欲しい。

いつの間にか、焼塩が俺の横でストレッチを始めている。

「二人とも待たせたね。そろそろ行こうか」

「俺的にはもうお腹《なか》一杯なんだが。初日のテーマは集合で、明日は準備体操くらいのペースでいかないか？」

「大丈夫だって。ぬっくんは初心者だし、今日は軽く流すよ」

それは助かる。ホッとしている俺の腕時計をのぞき込む焼塩。

「２０分で５㎞のペースかな。あたしの後について来て！」

えーと５㎞を２０分てことは……市街地を平均時速１５㎞。ママチャリか。

「よーし、ちょっと待ってくれ。俺は運動不足だし、車輪もついていないぞ」

「行けるって！　途中へばったらおぶってあげるし！」

……おぶる？　いくら俺でも健全な男子高校生だ。女子に背負ってもらうとか、コンプラ違反ではあるまいか。それに焼塩の奴、やたら汗かくからベタベタしそうだし。

「じゃあこうしよう。行けるとこまで行くから、限界になったら歩いたりする感じでどうだ」

最初だけ頑張った風を見せて、後はのんびり歩けばいいのだ。

俺の言葉に焼塩は腕をグルグル回しながら、白い歯を見せて笑う。

「じゃあ、それでいいよ。ガンガン行くからね！」

「……さっき軽く流すって言ってなかったっけ」

「さあ、二人とも行くよ！」

焼塩《やきしお》が俺たちを先導《せんどう》して走り出す。

俺は小鞠《こまり》と視線を交わしてから、焼塩の後を追って走り出した。

◇

公園の水飲み場。水を飲み終えた俺は、水飲み場にしがみ付いたまま崩《くず》れ落ちた。

……限界まで走った。

ほとんど歩いてたような気もするが、とにかく限界だ。

小鞠によればランニングコースの中にいくつか休憩《きゅうけい》場所を設定しているらしい。疲れたらそこで休みつつ、その間焼塩は好きに走り回るという塩梅《あんばい》だ。

そして、この児童公園は休憩場所の一つ。

「だ、だらしない奴だな……わ、私はまだまだいける……」

言葉と裏腹に息も絶え絶えの小鞠は、俺を押しのけて水飲み場の水栓《すいせん》に口を寄せる。

……頃合いを見て離脱するという小鞠の計画は簡単に頓挫《とんざ》した。

小鞠がこっそり姿を消すと、焼塩が追いかけて担いでくるのだ。

おんぶ、お姫様抱っこ、肩車——3回目でようやく観念《かんねん》した小鞠は、ペースが落ちたら焼塩に背負われる運命を甘んじて受け入れた。

……俺は髪をかき上げて水を飲む小鞠の横顔をぼんやり眺める。

こいつ首細いなーとか、全体的に小っちゃいなーとか思いつつ、俺周辺の女子率の高さに思いを馳《は》せる。

元々、男子率も0だから何も考えてなかったが、これってハーレム状態という奴ではなかろうか。

「な、なに……？　ジロジロと……」

小鞠が口をハンカチで拭《ぬぐ》いながら、警戒心もあらわな視線を向けて来る。

「いや、ひょっとして俺、モテ期とか来てんじゃないかなって」

「モ、モテてから言え」

まったくだ。小鞠、いいことを言う。

納得しつつ公園の時計を見ると、針は6時50分を回っている。

「7時には焼塩、朝練に向かうんだろ。焼塩のやつ、どこまで行ったんだ」

「あ、あそこ……」

小鞠が少し離れたところにある、立派な一戸建てを指差した。建物の周りにはやたらとスズメが舞っている。

「？　いくら焼塩とはいえ、屋根の上にはいないだろ」

「スズメが飛び立つとこに……焼塩《やきしお》がいる」

あいつにそんな見つけ方が。

時折飛び立つスズメの群れが、段々と近付いてくる。それにしても焼塩の奴、全く勢いが衰《おとろ》えないな。原子炉でも積んでるのか。

俺は空を舞うスズメに感心しつつ、すっかり明るくなった空を見上げる。

……すべて世はこともなし。残り僅《わず》かな夏休み、平穏無事に過ごすのだ。

小鞠《こまり》が額の汗をぬぐいながら、俺の背中を小突く。

「さ、さあ、最後の、ひと走りだ。温水《ぬくみず》、いけるか」

「任せろ。……いや、実はそんなに自信がない」

「わ、私もだ」

すぐ近くの建物の陰からスズメが飛び立ち、猫が何かに追われるように全速力で駆けていく。

俺と小鞠は覚悟を決めて、褐色元気娘を待ち受ける——。

AMAMORI TAKIBI

PRESENTS

ILLUST. BY IMIGIMURU

Special Short Stories

光と呪いと負けヒロイン

メロンブックス　ノベル祭り2022冬

ある日の放課後。俺は文芸部の部室で読書にいそしんでいた。

テーブルを挟んだ向かい側では、同じ1年生の文芸部員、八奈見杏菜《やなみあんな》がポッキーをかじりながら雑誌をめくっている。

彼女は今年の夏、長年想い続けた幼馴染《おさななじみ》に振られた正統派負けヒロインだ。

いつもはうるさい八奈見も、今日は雑誌とお菓子に気をとられている。

俺は穏やかな気持ちでラノベのページをめくる。楽しみにしていた『結婚の約束をした幼なじみがわりと多い』を入手したのだ。

この物語はヒロイン全員が幼馴染で許嫁《いいなずけ》。しかもすべてのヒロインのIFルートが刊行されるという親切設計だ。

さて、どのルートを選ぶか慎重な検討が必要だな……。

ちなみに俺の本命は地味だが心優しい眼鏡さんだ。目立たないので名前は忘れた。

「温水《ぬくみず》君、ほら見て。この特集記事」

突然、八奈見が俺に雑誌を突き付けてくる。

「んー、そうだね、凄《すご》いね」

「こっち見なさいよ。ほら、今年も駅前で年末のイルミネーションするんだって」

「へぇ……イルミネーション……」

死ぬほど興味はないが、仕方なしにラノベを閉じる。

八奈見が見せてきたのは、豊橋市《とよはし》の地方情報誌。毎年、駅前で恒例《こうれい》になっているイルミネーションの特集だ。

「それでさ、イルミのデザイン案を募集するんだって。私も応募しようかな」

「え、でも八奈見さんいいの？　イルミネーションだよ？」

俺の言葉の裏に隠された意味に気付いたか、八奈見が俺をジト目で見つめてくる。

「……温水君、なにが言いたいの？」

「年末って書いてはあるけど、つまりはクリスマスの飾りつけのことだろ？　ほら、八奈見さんって――」

……まずい、言い過ぎた。怒られるかと思いきや、八奈見はヤレヤレと肩をすくめてみせる。

「振られたからって、いつまでもそれにとらわれる私じゃないの。東三河《みかわ》一帯の幸せな恋人たちを祝福《しゅくふく》する……そのくらいの心の余裕はあるからね」

どうやら西三河はダメらしい。

八奈見はノートとシャーペンを取り出す。

「ほら、私の考えたイルミ案を見てよ。えーとね、まず真ん中に……」

「あ、いまから描《か》くんだ」

「……どういう意味？」

「描き終わってから声をかけてくれれば……あ、いや、なんでもないです」

これも人付き合いの一環だ。俺は心を無にして、八奈見《やなみ》の描くイラストを見つめる。

「まず大きなハートのオブジェが真ん中にあるの。それでカップルが左右から手を触れると、ハートが光るって仕組み。どう？　わりとエモくない？」

……あれ、まともだ。苦節《くせつ》数カ月、ついに八奈見の心が浄化されたのか。

「ああ、いいんじゃないかな。カップルの記念撮影スポットになりそうだし」

「でしょ？　私、温水《ぬくみず》君が思ってるより心は乙女なんだからね。やっぱハートはピンク色かな。心拍数と連動してキラキラ光るのもいいなー。初々しいカップルが……ドキドキする……気持ちを……」

ピンクの蛍光ペンでハートを塗《ぬ》っていた八奈見の手が止まる。

「どうかしたか？」

八奈見は無言で青い蛍光ペンに持ち替えると、ハートの半分を青く塗り始める。

「？　ハートは2色にするんだ」

「……気が変わった。2色にすることで、割れたハートを表現するの」

突然なに言いだした。

「待って、カップルの幸せを祈るオブジェじゃなかったのか？」

「いいじゃない、どうせみんな、最初から幸せなんだから」

八奈見の握る蛍光ペンが、みしりと音を立てる。

「クリスマスの夜なんて、どうせみんな手を繋《つな》いで、いちゃいちゃするわけじゃん？　せめて、このオブジェでハートを光らせてる間くらい、離れ離れになればいいのよ」

ええ……まさかそんな呪いのオブジェになるとは。

こんな物を駅前に置くわけにはいかない。俺は考えを巡らせると八奈見に向き直る。

「……八奈見さん、その計画には一つ問題がある」

八奈見の手が止まる。

「問題……？」

「ああ、その通り。確かにこのオブジェにはカップルの手を離す効果はある。だけど、ハートを光らせた後の女の子は必ずこう言う。――手が冷えちゃった、と。」

「え？　そんな短い時間で、たいして手なんて冷えないでしょ」

「実際に冷えるかどうかは問題じゃない。問題はそのセリフをきっかけに、カップルがイチャつき始めるということだ」

「……っ！」

「お互いに手を握り合って冷えてることを確認したり、握って温めてあげたり、頰《ほ》っぺたに手を当ててフザケあったり……カップルのイチャつきに終わりはない」

八奈見《やなみ》の顔に浮かんだのは――絶望。

俺はゆっくりと首を横に振る。呪いは最後は自分に返ってくる。俺はラノベでそれを学んだのだ。

「そもそも、イルミネーションってエコじゃないよね。私、最初から反対だったの」

八奈見はノートを閉じると、蛍光ペンを机に投げ出す。

「温暖化とか温室効果ガスとか、炭酸水ダイエットとか、色々聞くじゃん？　クリスマスは家で家族と過ごさないとだよ」

その方がいい。呪いの負けヒロインは自宅に封印しておかないと。

ポッキーの3本食いを始めた八奈見を横目に、俺は情報誌を手に取る。八奈見はどうしてこんなものに応募しようなんて言いだしたのか。

見れば特集ページの一部が蛍光ペンで強調されている。

『応募者から抽選で10名様にホテルバイキングのペアお食事券をプレゼント』

……なるほど、それが目的か。俺は情報誌を静かに閉じる。

それにしてもこいつ、ペア食事券が当たったら、誰と行くつもりだったんだ……？

AMAMORI TAKIBI presents　Illust. by IMIGIMURU

LEMON

焼塩檸檬

YAKISHIO

誕生日・・8月1日

身長／体重・・163cm / 50kg

マイブーム・・路面電車と競争

好きな豊橋グルメ・・みたらし団子（甘くないやつ）

子どもの頃の夢・・クワガタ

Special Short Stories

Special Short Stories

TOO MANY LOSING HEROINES!

3巻 Short Story of Vol.3

ショート

ストーリー

AMAMORI TAKIBI presents

Illust. by IMIGIMURU

メロンブックス特典SS

小鞠《こまり》の猫道楽

ある日の昼休み。俺は旧校舎の裏をブラリと歩いていた。

今日はポカポカと良い陽気だし、どこか陽当たりの良い場所で昼飯を食べるのもいいな。

そんなことを考えていると、茂みの前でしゃがみ込んでいる女子の姿に気付いた。

頭の片方で小さく結んだ髪――小鞠知花《ちか》。

こんなところで何をしているのだろう。気になってこっそり近付くと、小鞠の前にはキジトラ模様の猫が、お腹《なか》を見せてゴロリと転がっている。

「ほ、ほーら、にゃーにゃ。こ、こっちだぞ」

小鞠は俗に猫じゃらしと呼ばれる草で猫と遊んでいるようだ。

だらしなくお腹を見せた猫が寝転がったまま、揺《ゆ》れる猫じゃらしにパンチを繰り出す。

小鞠は猫じゃらしを巧みに操り、それを寸前でかわしていく。

……こいつ、かなりのテクニシャンだな。

昼休みの猫道楽だと見くびっていたが、警戒心の強い野良猫を満足させるのは簡単なことではない。

最初はダルそうだった猫も、目を輝かせて両手でパンチを繰り出し始める。

「え、えへへ。にゃ、にゃーにゃ、ほらどうした」

……小鞠のやつ、猫と話すときこんな感じなんだな。話すのが一般的なのかは知らんが。

小鞠が大きく猫じゃらしを振り上げると、猫は全身で飛びかかって払い落とした。

そして猫は満足したようにニャアと鳴くと、尻尾を立てて悠々《ゆうゆう》と立ち去る。

「にゃ、にゃーにゃ、またね」

小さく手を振る小鞠。

「ふうん、猫と遊ぶの上手なんだな」

「うぇっ?!」

小鞠が飛び跳ねるように立ち上がる。

「ぬ、温水《ぬくみず》……ず、ずっと黙って見てたのか?」

「下手に話しかけると猫が逃げるだろ。仕方ないじゃん」

「そ、そもそも見るな」

だって俺も猫、見たかったし。

「あれって野良猫だろ。ずいぶん慣れてたな」

「あ、あの毛並みは飼い猫だ。眼も綺麗《きれい》、だったし」

そうなんだ。どうりでやけにフサフサしてると思った。

「じゃあ俺でも遊ばせられるかな」

小鞠《こまり》は鼻を鳴らすと、馬鹿にしたような目を向けてくる。

「し、素人《しろうと》め。む、むしろ家猫の方が、あ、遊ばせるのは難しい」

「そうなのか？　だって家猫の方が人に慣れてるだろ」

「あ、あらゆる遊びを知り尽くした家猫を、ね、猫じゃらし一本で満足させるのは——初心者には、無理だ」

なるほど、有閑《ゆうかん》マダムみたいなものか。猫道楽もなかなかに奥が深そうだ。

「そういや小鞠って猫のこと、にゃーにゃって呼ぶんだな」

「うなっ!?　き、聞いてたのか？」

「ああ。やっぱり赤ちゃん言葉の方が、猫に警戒心を与えないんだろ？　あえての赤ちゃん言葉というわけか」

きっと猫遊び界隈《かいわい》じゃ常識に違いない。だけど高校生にもなって赤ちゃん言葉はちょっとキツイな……。考えこむ俺の隣で、小鞠がモジモジと指先をいじる。

「べ、別に、赤ちゃん言葉は使わなくても、だ、大丈夫」

「え？　じゃあなんで、にゃーにゃとか呼んでたんだ」

「だ、だって。ね、猫としゃべると、つい、あんな感じに——」

言いかけた小鞠の顔が見る間に赤くなっていく。

「おい小鞠、どうした？」

「えっと、その――し、死ね！」

「!?」

そう言い残して、小鞠はその場を走り去る。俺は一人、校舎裏に取り残された。

ええ……なんなんだ。猫より小鞠の方が、よっぽどわけ分からんぞ……。

アニメイト特典SS

二人は親友設定です

放課後の教室。二人の女子が机を挟《はさ》み、何かの冊子《さつし》をのぞきこんでいた。

二人が見ているのは貸し衣装《いしょう》のカタログ。ツワブキ祭のクラス企画で仮装する衣装を選んでいるのだ。

その内の一人、八奈見杏菜《やなみあんな》はカタログの写真をトンと指先で叩いた。

「これ良くない？　なんか大人っぽい感じだし」

八奈見が指差したのは、和装の白装束《しろしょうぞく》だ。額に着ける三角の布もセットでついている。

「おー、幽霊《ゆうれい》だね。お岩さんとかそういうやつだ」

そう答えたのは姫宮華恋《ひめみやかれん》。風もないのに長い髪がサラサラと揺れ、外は曇っているのに何故か彼女の周りだけキラキラと光の粒が舞っている。

「秋から私も少し大人の雰囲気とか？　前面に押し出していこうかなって」

「杏菜は明るいから、ギャップで攻めるのもありだよね。あ、これ可愛《かわい》くない？」

華恋が指差したのは女悪魔の服装だ。ミニスカートに、頭には翼を模《も》したカチューシャ。

「あ、メッチャいいじゃん。でも肩出しで胸元も見えてるけど平気？」

「このくらい平気だよ。上半身のシルエットが、ウエディングドレスっぽくて可愛――」

言いかけた華恋は、モニョモニョと語尾をごまかす。

「……ま、まあ、そんな感じで。露出は多いけど可愛いかなって」

「そ、そうだよね！　華恋ちゃん肌もきれいだし、少しくらい出しても大丈夫だよね！」

八奈見は努めて明るい声を出すと、ページをめくる。

「ほら、華恋ちゃん。特集ページだって！」

「ホントだ！　えーと、やっぱハロウィン特集――」

二人は顔を寄せてカタログをのぞき込む。


――プロポーズされてからじゃ間に合わない！　急げ、ウェディングドレス特集！


「…………」

「…………」

八奈見と華恋は黙ったままページを見つめていたが、どちらからともなくパタンとカタログを閉じる。

「えっと……杏菜、私は悪魔にしようかな。うん、可愛かったし」

「じゃあ私は幽霊かな。私も大人デビュー……って感じで」

力なく笑い合うと、二人は手元の紙に何かを書き始める。衣装班に渡す希望票を作成しているのだ。

と、華恋《かれん》がカタログに手を伸ばす。

「あ、衣装のサイズ書かないと。杏菜《あんな》もだよね？」

華恋はそう言いながら慎重にページを開く。

……誤って特集ページを開くわけにはいかない。

華恋が震える指でページを開くと、狙い通りハロウィン衣装のページだ。

八奈見《やなみ》と華恋はホッと息をつき、目を見合わせて楽しそうに笑いだす。

「華恋ちゃん、なんでそんなに緊張してるのよ」

「杏菜こそ。ほら衣装のサイズ決めちゃおう。えっと……」

カタログを見ていた華恋が眉をしかめる。

「どしたの？　華恋ちゃんならウエスト細いから楽勝でしょ」

「それが……一番大きなサイズでも、胸囲が収まらないかも」

「え」

八奈見は乱暴にカタログをつかむと、サイズ表を睨《にら》みつける。

「華恋ちゃん、ちなみにどのくらいのサイズなの？」

華恋は辺りに誰もいないのを確認すると、机に指で３つの数字をえがく。

八奈見は思わず天を仰ぐ。

……天は二物を与えずというが、姫宮《ひめみや》華恋はその美貌《びぼう》と性格の良さに加えて――超高校級の胸周り。

八奈見は恥ずかしそうに顔を赤らめる華恋を見ながら呟《つぶや》いた。

胸だけでもう二物じゃないの……。

生徒会は今日も平和です

とらのあな特典SS

ツワブキ祭当日の朝。

生徒会室の壁に掛けられた鏡の前に、二人の女生徒が立っていた。

一人は生徒会副会長の馬剃天愛星《ばそりていあら》、1年生。

身体《からだ》の前にフリルに彩られたメイド服を当て、小刻みにフルフルと震えている。

「し、志喜屋《しきや》先輩！　本当にこの服を着るんですか？」

「会長……命令……だよ」

鏡を凝視する天愛星の背後から、2年生の生徒会書記、志喜屋夢子《ゆめこ》がゆらりと鏡をのぞき込んだ。

「でも、こんな衣装を着て人前に――」

志喜屋は自らが身にまとうナース服の胸元を開けると、天愛星の腕に押し付ける。

「じゃあ……こっち……着る……？」

「ひっ!?　こ、こちらを着させていただきます！」

観念《かんねん》して着替え始めた天愛星は、3つ目のリボンを外しながら困惑顔で志喜屋を振り返る。

「先輩、じっと見られていると落ち着かないのですが」

「女同士……気にしない……」

志喜屋はさりげなく天愛星の背中に手を伸ばすと、ブレザー越しにブラのホックを外す。

「ひゅあっ!?　な、なんでホックを外すんですか?!」

「外さないと……色々……スレる……」

「外した方がスレませんか?!　なにがとは言いませんけど!」

「大丈夫……この服……そういう用途……」

「どういう用途なんです?!　ちょっと先輩、手を入れないでください!」

——壮絶《そうぜつ》な攻防戦を終えて何とか着替え終えた天愛星は、エプロンのフリルを整えながら鏡をジッとのぞき込む。

「ま、まあ、露出は少ないですし、これなら公序良俗《こうじょりょうぞく》には反しませんね。それで会長は本当に王子様の格好を——」

「忘れ物……」

ストン。志喜屋は天愛星の頭に猫耳カチューシャを乗せる。

付与される強烈な記号性。思わず固まる天愛星を、志喜屋が後ろから抱きしめる。

「ツワブキ祭……楽しみ……」

志喜屋の顔にわずかに浮かんだ表情は、ひょっとすると笑顔なのかもしれなかった。

便利な男と会いたい女

精文館《せいぶんかん》書店特典SS

ある週末、俺は八奈見《やなみ》に呼び出された。

待ち合わせ場所は精文館書店、豊橋《とよはし》本店3階のコミック館。

その姿を探していると、書棚の陰《かげ》から現れた八奈見が手を振ってくる。

「温水《ぬくみず》君、ここだよ。早かったね」

俺は軽く手を上げ返し、八奈見のそばに行く。

「突然、どうしたの。なんか大事な用事があるって」

八奈見は真面目そうな表情で頷《うなず》く。

「探してる漫画があってさ。温水君なら詳しいでしょ？　一緒に探してもらおうと思って」

「……え、そんなんで休日に呼び出されたの？　休日に？」

「なんで2回言ったのよ。お礼に私が読んだら貸してあげるからさ」

どうせ暇《ひま》だったからいいけど……。俺は気を取り直して漫画の並んだ棚を見渡す。

「探しているのはどんな漫画？」

「タイトルは分かんないんだけどさ。主人公に幼なじみができて、いい感じになる漫画なんだって」

「……そんだけ？　そんなフンワリ情報だけ？」

「だからなんで2回言うのよ」

それに幼なじみができるってなんなんだ。

「温水君でも分かんないか。あ、これ面白そう」

関係ない漫画を手に取る八奈見。お前も探せ。

「どうして、幼なじみがテーマの漫画とか読みたがってるんだ」

八奈見は腕組みをすると、なぜかドヤ顔をする。

「私と草介《そうすけ》は幼なじみでしょ？　その魅力が詰まった漫画を読んだ草介が、ふと自分のそばにいた幼なじみの素晴らしさに気付く――すると何が起こると思う？」

「特に何も起こらないんじゃないかな……？」

八奈見はヤレヤレと肩をすくめる。

「そういうとこだよ、温水君。幼なじみ力が高まった二人の間に、なにが起こっても驚かないでよね」

安心してくれ。いまさら大抵のことでは驚かない。

「そもそも袴田《はかまだ》には彼女いるよね。ていうかその彼女、八奈見さんの親友じゃん」

「なにも浮気しようってんじゃないの。幼なじみのありがたさを再認識してもらって、草介の中での私のランキングを、少し上げてもらおうってだけの話じゃない」

上げる必要があるほど下がっているのか。

可哀《かわい》そうなので真面目に漫画を探すが、八奈見《やなみ》のフンワリ情報だけじゃキツイな……。

「八奈見さん、もう少しヒントない？　せめて掲載誌とか、いつ頃発売したのかとか」

「それしか知らないんだよね。温水《ぬくみず》君でも見つかんないなら、店員さんに聞いてみよっと」

え、そんなフンワリ情報だけで店員さんに話しかけるの？

困惑する俺をよそに、八奈見は品出し中の店員さんに駆け寄った。

「すいませーん、ちょっと探してる漫画があるんですけど」

……あ、ホントにいった。

さりげなく他人のふりをしていると、八奈見は一冊の本を手に戻ってくる。

「分かったよ。ちょうど在庫もあったみたい」

マジか。精文館《せいぶんかん》書店の店員さんすげえ。

八奈見が手にした本のタイトルは――今日から始める幼なじみ……？

「……幼なじみって始められるの？　どういうこと？」

「それもこれを読めば分かるはずだよ。私こう見えても推理ものとか得意だし。これも犯人をズバッと当てちゃうから」

犯人はいないんじゃないかな、多分。

鼻歌まじりにレジに向かう八奈見の後を歩きながら、俺はもう一度首をひねった。

幼なじみを始めるって……なんだ？

とある書店の都市伝説

三洋堂書店特典SS

ある晴れた週末。俺は家族旅行の道すがら、一軒の書店にいた。

三洋堂書店西尾《にしお》店。

ここには初めて訪れたが、ラノベや漫画コーナーのディスプレイが、かなりのレベルだ。

感心しながらお勧め本を眺めていると、佳樹《かじゅ》が隣に並んでくる。

「お兄様、なにか欲しい本があるのですか？」

「佳樹、書店というのはただ本を買いに来るだけのところではないんだぞ。本の陳列やポップを通して店員さんの声を聴き、新たな本との出会いを求めに来るところなんだ」

特にラノベの特設コーナーからは、店員さんの強い想いが伝わってくる。

俺はお勧めの一冊を手に取った。佳樹が興味深そうに俺の手元をのぞき込んでくる。

「義姉倶楽部……。お兄様、どんな話なんですか？」

「突然できた義理の姉と、同居することになった高校生のラブストーリーだ。日常系と見せかけたデスゲーム要素が熱いらしい」

「それは素敵ですね、佳樹にも見せてくれませんか？」

俺が本を渡すと、佳樹はそのまま書棚に戻す。

「え、おい佳樹――」

「お兄様にはこちらはどうでしょう。店員さんの並々ならぬ推しが感じられます」

佳樹が強引に別のラノベを勧めてくる。タイトルは、

『お兄ちゃん、結婚したら妹じゃなくてお嫁さんになるんだよ?』。

妹モノで定評のある作者の作品だ。

佳樹は店員さんの推しだと言うが、ポップや案内文はどこにあるのかな……。

キョロキョロと見回していると、手作りの立て看板やら滑り台の模型やら、色々な飾りが本の周りを彩《いろど》っている。

「この店って、ずいぶんディスプレイに凝ってるな」

「ですね。お兄様、なんであそこにハトのマスクが飾ってあるのですか?」

佳樹が少し怯《おび》えたように、吊り下げられたハトマスクを指差す。

「良く分からないが、この店にはハトのマスクをかぶった店員さんがいるらしい」

「もう、お兄様ったら冗談ばっかり。そんな店員さんがいるわけないじゃありませんか」

「……それもそうだ。いるわけないよな」

ハトのマスクをかぶった店員さんとか、都市伝説に違いない。

俺は苦笑すると、佳樹に渡されたラノベを手にレジに向かう。

良く分からないが店員さんの推し作品だ。お手並み拝見するとしよう……。

今回のお店：三洋堂書店　西尾《にしお》店
愛知県西尾市にある総合書店。ハトのマスクをかぶった書店員が出没すると、もっぱらの噂。

AMAMORI TAKIBI

PRESENTS

ILLUST. BY IMIGIMURU

Special Short Stories

美味《うま》いのならそれで良し

休日の我が家のキッチンで、俺は佳樹《かじゅ》と並んで立っていた。

お揃《そろ》いのエプロンと腕組みポーズ。俺たちは目を合わせて頷《うなず》き合う。

「頼んだぞ佳樹。お前だけが頼りだ」

「はい、お兄様。佳樹にどーんとお任せください」

そう、今日はツワブキ祭用のお菓子の試作をするのだ。

まずは少量の材料で作って、関係者の意見を聞きながら完成形を検討する。お菓子は材料費もバカにならないから、しっかりした計画が必要なのだ。

俺は用意したレシピを手に取った。

「えーと、とりあえず今日作るのはクッキーとパウンドケーキ、ピーナッツの砂糖がけか。3種類も同時進行で大丈夫か？」

「はい。毎年のお兄様の生誕祭《せいたんさい》は、この数倍の工程を寝ずにこなしてますから。このくらいはお茶の子さいさいです」

笑顔で答える佳樹。

「今年はちゃんと寝なさい。さあ、俺は何を手伝ったらいい？」

「ではまず、お兄様は佳樹の頭を撫《な》でてください」

……なんか思ってた手伝いとは違うが、俺は言う通りにする。

「えへへ、これでテンション上がりました」

佳樹は鼻歌まじりに作業を始める。

「えーと、次は何をすれば？」

「じゃあ次は佳樹の肩をもんでください」

「なるほど、料理は力仕事だし肩もこるよな」

俺は佳樹の細い肩をもむ。

「いえ、お兄様に甘やかして欲しいだけです」

これも思ってたのと少し違う。

佳樹は小麦粉をサラサラとふるいにかけ始める。

「できればお菓子作りにかかわることでなにかないかな……？」

「そうですね。今から佳樹がキッチンで作業をするので、お兄様が後ろからハグして『今日の夕飯はなに？』ってたずねてください」

「……なにそれ」

佳樹は興奮してピョンと飛び跳ねる。

「それでそれで！　佳樹が『包丁持ってるから危ないですよ』って言いますから、お兄様は『じやあ二人で持とう』と言って、後ろから佳樹《かじゅ》の手を――」

「よーし、ストップだ。その茶番劇《ちゃばんげき》になんの意味があるんだ？」

「新婚ごっこです。それでエネルギーを充塡すれば、二晩は寝なくても大丈夫です！」

「いいから寝なさい。夜更かし禁止です」

「お兄様が子守歌を歌ってくれれば良い子で寝ますよ？」

サクランボの缶詰を開けながら、俺をあおるように見上げてくる佳樹。

「まあ、そのくらいならいいけど」

「いいんですか？　お兄様の布団で寝るのは久しぶりだからドキドキしますね！」

「自分の布団で寝なさい。俺はお前が寝ついたら部屋に戻るから」

「むー、お兄様冷たいです」

佳樹はプンスカと頰《ほお》を膨らませながら、サクランボの種を取り始める。

「じゃあ、イケズなお兄様を落花生《らっかせい》の殻《から》むき係に任命します。一袋全部むいてください」

ようやく仕事をもらえた俺は、さっそく作業に取りかかる。

……しばらく黙々と殻をむいていると、佳樹が手元をのぞき込んできた。

「薄皮《うすかわ》は丁寧にむいてくださいね。中の豆は割れないようにお願いします」

「任せてくれ。こう見えても細かい作業は得意――」

言ったそばから、中のピーナッツを半分に割ってしまう。

目ざとく見つけた佳樹が、片割れを俺の口元に差し出す。

「お兄様、責任取ってくださいね。はい、あーん」

仕方なく食べると、佳樹は残ったもう半分を俺に渡してくる。

「私も責任とります。はい、あーん」

佳樹は目を閉じて口を大きく開ける。

ピーナッツを食べさせると、佳樹は大輪の花のような笑顔を浮かべた。

「これで充電完了です！」

佳樹は両腕でガッツポーズをとると、猛然《もうぜん》とボウルの中身を混ぜ始めた。

お兄ちゃんも負けてはいられないぞ。

気合を入れて落花生の殻むきを再開する。段々と殻を割るコツがつかめてきたぞ――。

「……あ、またピーナッツが割れた」

調子に乗り始めた途端にしくじったな。

横では佳樹が目をつぶって大きく口を開けている。

俺は佳樹の口の中に、割れたピーナッツをまとめて入れた。

週が明けて月曜日　～部室にて

月曜日の放課後。文芸部1年生の三人娘が、部室で机を囲んで座っていた。

その真ん中に、八奈見《やなみ》が神妙な面持ちでトートバッグを置く。

「……ここにバッグがあります」

焼塩《やきしお》は腰を浮かせて、トートバッグの中身をのぞく。

「なにこれ。お菓子が入ってるじゃん」

「はい、檸檬《れもん》ちゃん正解です。しかも手作りお菓子ということは、私たちへの差し入れです」

八奈見は断言すると、空になった袋をそっとバッグの横に置く。

「そして味は、かなりのものでした」

「も、もう食べた……？」

小鞠《こまり》が思わず呟《つぶや》くと、八奈見は笑顔で首を横に振る。

「二人が来る前に1袋だけだよ。あと2袋入ってるから、三人で仲良く分けよう」

焼塩がバッグからお菓子の包みを取り出す。

「二つとも中身が違うね。八奈《やな》ちゃんが食べたやつも違うお菓子だったとか？」

「そんな気もする。中身なんだったかな……」

八奈見は首を傾《かし》げながら袋を開けようとする。

慌てたようにそれを止める小鞠。

「え、えと……それ、勝手に食べちゃダメ、かも」

「これって温水君《ぬくみず》が持ってきてくれたんでしょ？　むしろ一人だけこの美味《おい》しさを知ってるなんてズルいくらいだよ。温水君には反省してもらわないと」

「な、なるほど……？」

小鞠が首を傾《かし》げているうちに、八奈見は二つとも袋を開けて食べ始める。

勧められた焼塩も、一口食べた途端に目を丸くする。

「あ、こっち美味しいよ。モサモサしてるけど、しっとりしててフワフワしてる」

「ホント？　ちょっと私にもちょうだい」

「え、あの、でも」

次々と消えていくお菓子に、小鞠がうろたえ始める。

「大丈夫だって。温水君って意外と私たちにメロメロだから、小鞠ちゃんがニッコリしてあげれば許してくれるよ」

「な、なんで私が……」

「だって温水君、小鞠ちゃんに甘いんだもん。私にはお菓子とか分けてくんないのに」

「わ、分ける前に食べるから、では？」

小鞠《こまり》のもっともな意見も届かないのか、八奈見《やなみ》は不貞腐《ふてくさ》れた表情でお菓子をパクつく。

お茶を淹《い》れていた焼塩《やきしお》が得意げな表情で振り返る。

「でもぬっくん、あたしが部室で着替えてた時はなんだかソワソワしてたよ。少しは意識してたりして」

冗談めかして言う焼塩に向かって、八奈見は肩をすくめた。

「そりゃ檸檬《れもん》ちゃんみたいな可愛《かわい》い子が目の前で着替えてたら——ってなんで目の前で?!ひょっとして檸檬ちゃんと温水《ぬくみず》君、そんな感じなの?!」

「……? どういう感じか分かんないけど、そんなとこかな。ぬっくんだし」

焼塩は軽く言いながらお茶を配り始める。

驚いていた八奈見は、焼塩の態度にホッと息をついた。

……どうやら二人は『そんな感じ』ではなさそうだ。

「まあ、温水君だしね」

「ぬ、温水なら仕方ない……」

「良く分かんないけど、ぬっくんだしね」

三人は揃《そろ》って茶をすする。

温水トークに花を咲かせていると、間もなくお菓子がなくなった。

八奈見はごみを片付けると、パンパンと手を払う。

「よし、証拠《しょうこ》隠滅《いんめつ》も完了」

多少は悪事《あくじ》の自覚もあったらしい。

と、ガチャリとドアが開いて温水が顔を出した。

「あ、もうみんな揃《そろ》ってたんだ。さっそく話が」

温水の話をさえぎるように、三人娘が笑いだす。

「……え？　なに、なんで笑ってるの？」

面食らう温水に向かって、八奈見が笑いながら手を振った。

「なんでもありませーん」

困惑したようにうろたえる温水の様子に、三人はもう一度笑い出した――。

黒い袋は信頼の証

メロン×ガガガ15周年SS

週末の昼下がり。俺は文芸部の同級生——八奈見杏菜《やなみあんな》に呼び出されていた。

呼び出された先はメロンブックス豊橋《とよはし》店。

一緒に本を買いに行って欲しいと、頼まれたのだ。

入口の防犯ゲートをくぐりながら、後ろを歩く八奈見を振り返る。

「なんで俺を誘ったの？　駅から近いし、俺がいなくても来れたんじゃないか」

「こういうとこって専門店っていうんでしょ？　私、そういうところ来たことないからさ」

「品揃《しなぞろ》えが特化しているだけで普通の店だよ。俺もよく来てるから安心してくれ」

「温水《ぬくみず》君が通ってても、安心材料にはならないじゃん」

失礼なことを言いながら、店内を見回す八奈見。

「結構明るくて広いんだね。漫画はどこに売ってるの？」

「コミックは手前の島で、その先は同人誌だな」

「奥のカーテンは——あ、ごめん。なんでもない」

うん、そこは気にしちゃいけない。俺たち高校生だし。

八奈見は壁のポスターやチラシを珍しそうに眺めながら、コミックの新刊コーナーに向かう。

「あ、これだ！　助かったよ、どこの店も売り切れてたの」

八奈見が手に取ったのは、疲れた大人女子に話題の『全社員が私を溺愛《できあい》してきます』の最新刊だ。

女子高生には渋《しぶ》めのチョイスだが、幼馴染《おさななじみ》に振られたばかりの八奈見のことだ。人生に疲れているのは同じだろう。

鼻歌混じりの八奈見と並んで新刊コーナーを眺める。

……あ、読んでるラノベのコミカライズが発売されたのか。しかもラスト一冊だ。

さっそくレジで会計を済ませてくると、八奈見が俺に本の表紙を見せてくる。

「凄《すご》いよ、おまけでイラストカードが付いてくるんだって。温水君はなんの本買ったの？」

「ラノベのコミカライズが出てたから、それを。結構面白いんだ」

俺が本の入った黒いビニール袋を掲げると、八奈見がジト目を向けてくる。

「黒い袋……？　なんか見せられない本でも買ったの？」

「え？　いやいや、違うって。メロンブックスは買い物をすると、黒いビニール袋に入れてくれるんだ。これは中身が見えないようにというプライバシーに考慮《こうりょ》したもので、けっして人様《ひとさま》に見せられない本を買ったわけではないから。そこ大事」

「温水君、早口だ。じゃあ買った本のタイトルは？」

「俺の話を聞いてた？　変な本じゃないから、タイトルはどうでもいいよね」

「そうだね。で、なんてタイトルの本を買ったの？」

「……………妹のヒモになって暮らすのも悪くない。甘えん坊生活始めます」

八奈見《やなみ》は名状《めいじょう》しがたい表情でコクリと頷《うなず》く。

「へーえ、そんなタイトルなんだ。……温水《ぬくみず》君、妹ちゃんいるよね」

「いるけど三次元の妹と二次元は違うんだ。漫画やアニメの妹というのは、あくまでも現実とは異なる概念《がいねん》であって――」

誤解を避けるべく、俺は力強く言い切る。

「俺の妹は可愛《かわい》いけど、それとこれとは話が違う」

「なんかもうラノベのタイトルみたいになってるよ。話は分かったから、本を買ってくるね」

そそくさとレジに向かう八奈見。

話を分かってくれたのならそれでいい。

妹の佳樹《かじゅ》とはちょっと仲がいいだけで決して俺は、

「――シスコンではない」

レジで小銭を探す八奈見の姿を眺めながら、俺は自分に言い聞かせるように呟《つぶや》いた。

AMAMORI TAKIBI

PRESENTS

ILLUST. BY IMIGIMURU

Special Short Stories

CHIKA

小鞠知花

KOMARI

誕生日	3月29日
身長／体重	148cm / 41kg
マイブーム	妹と絵本を作る
好きな豊橋グルメ	うずらの玉子（茹でたやつ）
子どもの頃の夢	本を書く人になりたい

TOO MANY
LOSING HEROINES

のんほいコラボショートストーリー1st

AMAMORI TAKIBI presents

Illust. by IMIGIMURU

のんほいパーク植物園コラボSS

プロローグ　のんほいパーク植物園にようこそ！

ツワブキ高校1年、温水和彦《ぬくみずかずひこ》。

ある初夏の晴れた休日、俺は見慣れた『のんほいパーク』の東門を眺めていた。

同じ文芸部の同級生、八奈見杏菜《やなみあんな》に呼び出されたのだ。

無論、二人きりではない。他の文芸部1年生も一緒のはずだが——。

「……あいつら、誰も時間通り来ないじゃん」

腕時計のデジタル表示を見ると、待ち合わせ時間の午前10時をすでに過ぎている。

まさか俺、待ち合わせ場所を間違えているのではなかろうな。

不安に思ってスマホに手を伸ばすと、周りから一斉にスズメが飛びたった。

見れば猛スピードで走り寄ってきた女子が、俺の前でピタリと止まる。

——焼塩檸檬《やきしおれもん》。小麦色に焼けた彼女は、陸上部と文芸部の兼部部員だ。

「焼塩、ギリギリアウトだな」

「いやー、ごめんごめん。走りの調子が良かったから、遠回りしてたら遅れちゃって」

軽く言って手を合わせる焼塩。

「調子が良かったって、まさか家から走ってきたのか？」

「そうだよ？　軽く走るのに、ちょうどいい距離だし」

こいつの家、豊橋《とよはし》公園の辺りだぞ。まあ、こいつに何を言っても今さらだ。

と、俺の服を誰かがクイクイと引っ張ってくる。

「ぬ、温水もギリギリに来たくせに、え、偉そうだな……」

俺のシャツをつかむ小柄な女子は小鞠知花《こまりちか》。腐《くさ》りぎみの文学女子だ。

「なんだ小鞠、来てたのか」

「お、お前より早く、来てたぞ」

それなら声かけろ。

さて、これで残るはあと一人。誘ってきた本人が遅れるとはどういうことだ。

辺りを見回すと、なにかを頬張《ほおば》りながら悠々《ゆうゆう》と歩いてくる女子が一人。

――八奈見杏菜。

大体なにか食ってるイメージがあるが、実際に会うと本当に食っている。ある意味、実家のような安心感のある女だ。

「八奈見さん、遅刻《ちこく》だよ。もう少し急ぐ素振《そぶ》りを見せようか」

「ふっ。温水君、そんなこと言っていいのかな？」

八奈見《やなみ》はみたらし団子《だんご》を食べながら、のんほいパークの入場券をピラピラと見せつけてくる。

「私が懸賞で当てた入場券で、みんなを招待したんだからね。しかも宿題も片づくんだから、もっと私に感謝してもいいいんだよ？」

「……宿題？」

「ほら、生物の宿題で『身近な植生《しょくせい》を調べよう』ってのがでてたじゃん。そしてここには、あの大温室がある！」

八奈見は団子の串で、門の向こうにそびえたつ温室をさした。

それを聞いた焼塩《やきしお》がパッと顔を輝かせる。

「八奈《やな》ちゃん、あったまいい！　そんな宿題あるの忘れてたけど！」

「まあね、私もさっきまで忘れたけど」

レベルの低い会話を交わしながら入場門に向かう二人。

その背中を見て、小鞠《こまり》がポツリと呟《つぶや》いた。

「み、身近な植生……？」

うん、言いたいことは分かる。

多分あの温室には『身近な植生』は——無い。

「……仕方ない。行くか小鞠」

「い、言われなくても」

小鞠は不愛想に言うと、俺を置いて歩き出す。

俺は苦笑いをしながら、その後をついて入場門に向かった――。

小話1　キンモクセイ　温水佳樹《ぬくみずかじゅ》

市立桃園《ももぞの》中学2年生、温水佳樹。

のんほいパーク植物園『日本の庭』を歩いていた佳樹は、1本のこんもり茂った木の前で急に立ち止まった。

一緒に歩いてた友人の権藤《ごんどう》アサミ――通称ゴンちゃんは、訝《いぶか》しげにたずねる。

「ヌクちゃん、どうしたの？　はよ行こまい」

「立派なキンモクセイの木があったから、ちょっと気になって」

キンモクセイの花は秋に咲く。花のないこの時期に、なにが気になるのだろう。

不思議そうなゴンちゃんに向かって、佳樹は明るく言葉を付け足す。

「佳樹のお兄様、キンモクセイの香りが好きなんです」

「へえ……」

いつものお兄様トークが始まった。

こうなると佳樹《かじゅ》の気が済むまで止まらない。ゴンちゃんは覚悟した。

「それでね、お兄様の洋服にこっそり、キンモクセイの香水を付けてるの――長い時間をかけて、少しずつ量を増やして」

佳樹はキンモクセイの硬い葉を指先で撫《な》でる。

「なんでそんなことしとるの……？」

ゴンちゃんの質問に、佳樹はニコリと笑顔で返す。

「キンモクセイの香りは特徴的だし、とても強いでしょ？　これほど広い植物園でも、キンモクセイの香りをたどれば、お兄様にたどりつけるんです」

「！」

ゴンちゃんは無意識に一歩、後ずさる。

佳樹は形の整った小さな鼻を、可愛《かわい》らしくクンクンと鳴らした。

「ほら、ここもお兄様が通ったようです。匂《にお》いが残っていますね」

「でもここ、他にもたくさん花があるじゃんね。お兄様の香りだけなんて、簡単には分からんら？」

「地道な訓練により、佳樹はキンモクセイの香りを正確に嗅《か》ぎ分けられるようになりました。さあ、ゴンちゃんも一緒にお兄様の後を追いましょう！」

「……私も？」

佳樹は当然とばかりに頷《うなず》くと、ためらうゴンちゃんの腕を取る。

「さあ行くよ。あ、ゴンちゃんの使ってる柔軟剤《じゅうなんざい》、うちのと同じだね！」

佳樹のとっておきの笑顔に、ゴンちゃんは諦《あきら》めて一緒に歩きだした――。

小話2　コデマリ　小鞠知花《こまりちか》

小鞠は背丈《せたけ》ほどの小さな木をジッと見つめていた。

木には小さな白い花が、手鞠《てまり》のように丸く集まって咲いている。

鈴《すず》なりに咲いた花の手鞠は、どことなく上品な雰囲気だ。

「へえ、綺麗《きれい》な花だな」

隣に並んで花を眺めていると、小鞠がボソリと呟《つぶや》く。

「コ、コデマリ」

「え、なにが？」

「この花の、な、名前」

ふうん、そんな名前なんだ。コデマリ、か――。

「なんかお前の名前に似てるな」

深く考えずに言うと、小鞠《こまり》が俺を睨《にら》んでくる。

「き、気持ち悪いこと、言うな……」

え、なんで俺、突然ディスられたんだ。

とはいえ、俺はこのくらいで怒ったりはしない。紳士なので。

「小鞠よ、自分の不快感をキモいの一言で済ますのは感心しないな。文芸部員としてちゃんと自分の言葉で表現すべきで、そうすれば当然キモいなんて安直な単語は――」

思わず早口になる俺に、小鞠がゴミでも見る目を向けてくる。

「キ、キモいやつだな」

……今の一言は、やけに実感がこもってたぞ。これが文字だけでは伝わらない、対話の力というやつか。

なんと言い返そうか迷っていたが、コデマリの可憐《かれん》な花を眺めていると、俺のやさぐれた心が癒《いや》されていくのが分かる。

寄り添《そ》うように集まった花の間を、ミツバチたちが行きかっている。ときおりメジロが白い花をついばんで――。

「……可愛《かわい》いな」

ポツリ。思わず言葉がもれる。

「うぇっ?!　い、いまのどういう意味……？」

花を近くで凝視してた小鞠が、あたふたと慌てだす。

「？　ほら、コデマリの花って可愛いじゃん。なんかちっこいし」

答えると、しばらくうつむいていた小鞠が低く呟《つぶや》く。

「……し、死ね」

だからなぜ、俺を罵倒《ばとう》する。

俺は溜息をつくと、不機嫌そうな小鞠の横でコデマリの花を眺め続けた。

小話3　シークヮーサー　焼塩檸檬《やきしおれもん》

温室を出て辺りを見回すと、焼塩が一本の木にスマホを向けている。

写真でも撮っているのだろうか。近づくと、俺に気付いた焼塩がスマホの画面を見せてくる。

「ぬっくんいたんだ。どう、よく撮れてるでしょ？」

スマホの画面には白い花。５枚の白い花びらが広がる、シンプルだけど綺麗《きれい》な花だ。

見上げると、頭上に張り出した枝に、写真と同じ白い花が散らばるように咲いている。

「よく撮れてるな。焼塩《やきしお》、温室はもういいのか？」

「ほら、今回って生物の宿題やんなきゃじゃん。よく分かんないけど、温室の中は『身近な植生』じゃ、なさそうな気がしてさ」

よくそこに気付いてくれた。小さいけど大きな一歩だ。

「だな。それでこの木は——シークヮーサーか」

勝手に生えてはこないが、露地《ろじ》モノだし百歩譲《ゆず》って良しとしよう。

樹名札《じゅめいふだ》を読んでいると、焼塩が顔を近づけてくる。

「この木、シークヮーサーって名前なの？　変わってるね」

「まあ、実がなるからそっちが有名かな」

前にテレビで見たことある。確か……。

「カボスを小さくしたみたいな、そんな感じの実だよ」

「へえ、そうなんだ。で、カボスってなに？」

次はそこか。

「カボスは——ほら、柚子《ゆず》やスダチの仲間みたいな感じで」

「仲間？」

焼塩は2秒ほど考えると、ポンと手を叩く。

「分かった！　ブリやハマチみたいな出世魚《しゅっせうお》ってことだね！」

よし、分かってないぞ。そして魚ではない。

「いや、仲間だが別の種類だ。簡単に言うと酸味が強くて小さいミカンだ」

「なるほど、ようやく分かったよ。つまりこれミカンの花なんだ」

本当に分かってるのか……？

「まあ、そんなところだ。他になにか撮ったのか？」

「これだけだよ。宿題も終わったし、あたしはひとっ走りしてこようかな。ぬっくんも一緒に走る？」

「え、花の写真一枚撮っただけで宿題は終わりなの？　ちなみに俺は走らないぞ」

「一枚あれば十分だよ。じゃ、あたし走ってくるねー！」

焼塩は太陽のような笑顔を見せると、手を振ってそのまま走り去った。

小話4　バラ　八奈見杏菜《やなみあんな》

大花壇を通り過ぎて『花木の園』に入ると、ふわりとバラの香りが身体《からだ》を包む。

小道沿いに咲いたバラの前でしゃがみ込んでいるのは——八奈見《やなみ》だ。

「八奈見さん、そんなにバラが好きだったの？」

八奈見はコクリと頷《うなず》いて立ち上がる。

「こないだもらったバラジャムが美味《おい》しかったからさ、普通のバラでも作れるのかなって」

やはり食べ物か。むしろ安心する。

「よく分かんないけど、向いてる品種とか、無農薬で育てたりとか色々あるんじゃないか。プロに任せた方がいいって」

俺の非の打ちどころのない意見に、八奈見はヤレヤレと肩をすくめる。

「温水《ぬくみず》君、人生は挑戦の連続だよ？　それに自分でもやってみたいっていうかさ、果物みたいに育て方で甘さが変わるかもしんないじゃん」

バラの……甘さ？　八奈見、ひょっとして。

「念のため言っとくけど、バラジャムの甘さって砂糖だぞ。バラの花びら自体は甘くないし」

「え？」

訪れる沈黙。そのまま1分は経っただろうか。

「……知ってた」

八奈見は不機嫌そうにボソリと呟《つぶや》いた。

「花びらが甘くないことくらい、もちろん知ってるし。子供の頃、レンゲの花とか食べてたもん！」

　もん、ってなんだよ。っていうか──。

「なんでレンゲの花を食べるんだよ」

「温水君は子供の頃食べなかった？　レンゲって蜜あるじゃん」

「したことあるけど、あれって花を食べるんじゃないぞ。花を外して、後ろから蜜だけ吸うんだ」

「それじゃお腹《なか》ふくれなくない？」

　こいつ、レンゲの花を腹一杯食ってたのか……？

「あれって半分遊びみたいなものだし。ガチに食べる人はいないんじゃないかな」

「……知ってるし。腹八分だったし」

　結構食ってるな。

「うんまあ、子供のすることだし。ここのバラは食べちゃだめだからな」

「食べないし！　それに私、花びらが甘くないって知ってたからね？　私、知ってたもん！」

　すっかり拗《す》ねた八奈見は、俺に背を向けて歩き出す。

　その後ろを少し離れて歩きながら、レンゲの花をモリモリ食べる八奈見の姿を思い浮かべる。

　……そりゃフラれるよな。

のんほいパークの帰り道

長い一日が終わろうとしている。

植物園を堪能した俺たち四人は、傾いた陽の光を背に東門に向かっていた。

「やっぱ、のんほいといえば大温室は外せないよね。特に『果実のへや』は何度行っても落ち着くよー」

ハンドバッグをクルクル回しながら、鼻歌まじりで歩く八奈見《やなみ》。

機嫌が直ったようで何よりだ。ホッとして横目で見ると——あれ、八奈見の頬《ほお》に何か付いてるぞ。

口を開こうとした俺の腕を、焼塩《やきしお》がつかんでくる。

「……ねえ、ぬっくん。ほら、八奈《やな》ちゃんのほっぺた」

俺は無言で頷《うなず》く。

小鞠《こまり》もこの事態に気付いたのだろう。視線で俺をうながしてくる。

「ん？　みんな私の方を見てどうしたの？」

八奈見が不思議そうな顔をする。

楽しく遊んだ一日だったが、ここは見過ごすわけにはいかない。

俺は真剣な表情で八奈見の前に立ちふさがる。

「……八奈見さん、俺もついていくから職員さんに謝《あやま》ろう」

「え？　謝るってなにを？」

キョトン顔の八奈見。

つまり罪の意識がなかったということか。

さもありなん、息をするように食物を摂取《せっしゅ》する八奈見のことだ。無意識に罪を犯していたとしても無理はない。

焼塩が優しく微笑《ほほえ》みながら、八奈見の肩に手を置いた。

「八奈ちゃん、ちゃんと罪は償《つぐな》わないと。さっき優しそうな女性の職員さんがいたから、心から謝れば許してくれるよ」

「さ、差し入れはちゃんとするから……」

小鞠も同情に満ちた瞳で八奈見を見上げる。

「待って待って、三人ともなに言ってるの?!　まるで私が悪いことでもしたみたいじゃない！」

……やはり、俺がはっきり言う他ないようだ。

「八奈見さん。頰に付いてるのは——果肉だよね。温室で我慢《がまん》できなかったのは分かるけど、勝手に実を採るのは窃盗罪《せっとうざい》にあたるし、仮に実が落ちていても食べるのは占有離脱物横領罪《せんゆうりだつぶつおうりょうざい》にあたるんだよ」

こんなこともあろうかと調べた知識が役に立つとは。

「へっ?! 私、温室の果物を食べたりしてないって！ これはジャム！ ジャムなの！」

「……ジャム？ なんでそんなの持ってるんだ」

「なんか父さんがすごい量のジャムを持ってかえってきたから、いつも持ち歩いてるの」

ポケットから、給食でよく見たジャムの小袋を取り出す八奈見《やなみ》。

「バラジャムの話してたらお腹《なか》すいて、こっそり吸ってただけだって」

なんという紛《まぎ》らわしい——って、ジャムを吸う？ 花も恥じらう女子高生が？

言葉を失う俺の代わりに、焼塩《やきしお》たちが静かに口を開く。

「……あたし、八《や》奈《な》ちゃんのこと信じてたよ」

「そ、そうだな。ぬ、温水《ぬくみず》、反省しろ」

あ、こいつら裏切りやがった。

「もちろん俺も、八奈見さんを信じ——」

「……温水君、私を犯罪者扱いしたんだ？」

逃げ遅れた俺を、八奈見がジト目で睨《にら》みつけてくる。

しどろもどろで言い訳をしようとする俺に、八奈見が叫ぶ。

「そういうとこだよ温水君！」

AMAMORI TAKIBI presents　Illust. by IMIGIMURU

KAJU
温水佳樹
NUKUMI

- 誕生日・・・・・・6月6日
- 身長／体重・・・・・147cm / 40kg
- マイブーム・・・・・花嫁修業
- 好きな豊橋グルメ・・カレーうどん
- 子どもの頃の夢・・・お嫁さん

Special Short Stories

Special Short Stories

TOO MANY

4巻 Short Story of Vol.4

ショートストーリー

AMAMORI TAKIBI presents

Illust. by IMIGIMURU

介添え役ならお任せを

メロンブックス特典ＳＳ

ある晴れた日の放課後。

ツワブキ高校の弓道場に、志喜屋夢子《しきやゆめこ》と馬剃天愛星《ばそりてぃあら》の姿があった。

天愛星は出迎えにきた袴《はかま》姿の女子部員に、キッチリ３０度で頭を下げる。

「すみません、約束していた生徒会の馬剃です。部長の利根《とね》さんはいらっしゃいますか？」

「あ、はい。ブチョー！　生徒会の人が来てますよ！」

ショートポニテの部員が声をかけると、弓道場の奥から一人の女生徒が現れた。

長い金髪という派手な見た目と、スッと背筋《せすじ》の伸びた立ち姿。

思わず見惚《みと》れる天愛星の横で、志喜屋が軽く首を傾《かし》げる。

「利根ちゃん……よろしくね……」

「あれ、夢子じゃん。打ち合わせって今日だっけ」

パチンと手を合わせる二人の姿に、天愛星は驚いた顔をする。

「部長は志喜屋先輩のお友達でしたか。では早速、説明させてもらいますね」

天愛星はコホンと咳払《せきばら》いをすると、手にしたプリントを読み上げる。

「来月の高校見学会では、部活体験が予定されています。時間は二部制で４５分ずつ、各１５

名の体験者をお世話願います。よろしいですか？」

志喜屋と爪の触《さわ》りっこをしていた利根は、人差し指と親指で輪っかを作る。

「いいよー、任せといて馬剃っち！」

「バソッ……。そ、それでは具体的な流れですが、最初に部の説明と練習風景を見てもらい、最後に質疑応答《しつぎおうとう》の時間を――」

話し続ける天愛星の右肩に、志喜屋が両手を重ねてグタリともたれかかる。

「天愛星ちゃん……硬い……色々と……」

「はい？　しかし説明はちゃんとしないと、当日の進行に影響が」

眉をしかめる天愛星の反対側の肩に、今度は利根が肘《ひじ》を置いてきた。

「あたしも固いのは勘弁《かんべん》だなー。やっぱさ、せっかく来てもらうんだし弓道のカッコいいとこ体験して欲しいじゃん？　引くのは無理でも弓持って、格好くらいはバシッと決めてさ」

左右からもたれかかられ、天愛星は面倒くさそうに溜息をつく。

「では練習に参加してもらうということで。体験者には体操服を持参《じさん》してもらいますね」

「体操服でもいいけどさ、やっぱちゃんと服装も含めて体験して欲しいんだよねー。弓道着って、気分上がるじゃん？」

「分かりみ……袴……萌える……」

共感できない分かりみに挟まれつつ、天愛星は平静を装い話を続ける。

「それは構いませんが、弓道着がたくさん必要になりますよ」

「弓道部で持ってるのもあるし、足りない分はOGから借りてくれば足りるっしょ。あ、でも——着付けは少し大変かな。馬剃《ばそり》っち、手伝ってくれる?」

天愛星《ていあら》のうなじ越し、さりげなく視線を交わし合う利根《とね》と志喜屋《しきや》。

その邪《よこしま》な視線に気付くべくもなく、天愛星は不思議そうに目をしばたかせる。

「私が、ですか?　着付けは浴衣くらいしかできませんが」

「あー、そっちじゃなくて。着付けの練習台っていうか、ドール的なアレというか」

「……どぉる?」

耳慣れぬ単語に気をとられた天愛星の背中を、志喜屋の指がソッと撫《な》でる。

「ひゅぁっ?!　志喜屋先輩、ひょっとしてブラのホック外しました?!」

「上着の上から外せるように……練習した……」

どこか得意げに頷《うなず》く志喜屋。

「だからって、今ここで披露《ひろう》することありませんよねっ?!　しかも人前ですよ?!」

「生徒会室なら……いいの?」

「良くありませんっ!」

両手で胸元を押さえる天愛星の肩に、利根が腕を回す。

「え、あの、利根部長?」

「馬剃っち、下着付け直すんなら更衣室使う？　ついでに着付けの練習台になってよ」

「そ、そうですね。あの、練習台って一体なにを――」

言いかけた天愛星を、志喜屋が背中から抱きしめる。

「早く……行くよ……人前でブラしないの……はしたない……」

「誰のせいですかっ?!　え、ちょっと、二人とも押さないでください！」

志喜屋&利根のギャルコンビに連れられて更衣室に姿を消す天愛星。

その光景を遠巻きに見ていた部員たちは――なにかを諦めたような表情で、練習を再開した。

歌え、負けヒロイン

アニメイト特典SS

休日の昼下がり。

カラオケの一室で、俺は八奈見《やなみ》によるカラオケ講座を受けていた。

熱心にスマホでメモを取る俺の前で、八奈見はオニオンリングを一つ口に放りこむと得意げにリモコンの画面をつつく。

「やっぱ一番気をつけるのは選曲だよ。むしろ、それがすべてと言ってもいいくらいだからね」

「選曲？　好きな曲を歌えばいいんじゃないのか」

何気ない俺の疑問に、八奈見がヤレヤレと肩をすくめる。

「甘いね。カラオケは戦場なんだよ、温水《ぬくみず》君」

「俺、いま戦場にいるの？」

八奈見は決め顔で頷《うなず》く。

「そのとおり。ノリノリで盛り上がった瞬間に、自分の入れたマイナーなバラードが流れだしたのを想像してみて？　みんな失礼にならない程度にお手洗いに立ったり、リモコンで曲を入れたりし始めるの。タイミング悪くてマンツーマンになった場合なんて地獄よ？　スマホいじりたいけど、仕方なく手でリズムを取ったりしてくれて。誰も幸せにならないからね？」

ええ……カラオケってそんなに気を遣うのか。

初体験の俺に想像はつかないが、八奈見は散々辛酸《しんさん》をなめてきたに違いない。

目の前にいるのは歴戦の古強者《ふるつわもの》だ。俺は思わず背筋《せすじ》を伸ばす。

「じゃあ、歌う曲はどうやって選ぶんだ？」

「ランキングがあるでしょ？　それを上から順に歌うの」

予想以上に安直《あんちょく》だった。

「……本当にそれでいいの？　古強者としてのプライドは？」

「温水君、いい悪いの話はしてないから。趣味や嗜好《しこう》の異なる人たちと時間と空間を共有するには、共通言語が必要なの。だからバラードやアニソンは初心者には厳禁です」

「でも八奈見さん、夏頃に姫宮《ひめみや》さんたちとアナ雪のデュエットを――」

言いかけた俺は過ちを悟《さと》った。

八奈見の人すら殺せそうな視線が、俺の言葉をさえぎる。

「……歌ったのは草介《そうすけ》と華恋《かれん》ちゃんだけど？」

おびえて黙る俺の姿に、八奈見は根負けしたように表情を緩《ゆる》める。

「ディズニーはＯＫ、ジブリは流れによってはＯＫだから。普通の曲でも実はオープニングで使われててアニメ画像が出ることがあるから、事前チェックは忘れずに」

なぜそこまでアニソンを憎むのか。７月のアナ雪事件は、そこまで八奈見の心を壊したというのか……？

心配する俺をよそに、八奈見《やなみ》はオニオンリングの最後の一個を手に取った。

「そういえば温水《ぬくみず》君、食べないの？　これ美味《おい》しいよ」

「食べる前に無くなった気がするんだけど」

大口を開けていた八奈見は、俺の顔を見てニマリと笑う。

「なんだ、食べたいなら言えばいいのに。はい、あーん」

「……へ？」

いつか聞いたようなセリフと共に、八奈見が俺にオニオンリングを差しだしてくる。

誰も見てないにもかかわらず、あたりを見回してから口を開けた。

……舌に広がる油と塩の味。

「美味しい？　私のアーンはどうですか？」

「いやまあ、普通に美味しいから」

照れ隠しに目を逸《そ》らしたその先に、悪戯《いたずら》っぽい笑みを浮かべた八奈見が顔を出す。

「――で、いくらつける？　安くしとくよ」

AMAMORI TAKIBI

PRESENTS

ILLUST. BY IMIGIMURU

Special Short Stories

精文館《せいぶんかん》書店特典SS

店内でのお声掛けはご遠慮ください

精文館書店汐田橋《しおたばし》店。

この店は俺の通学路から外れているが、学校帰りに来たのは他でもない。

最近はまったラブコメ『継母《ままはは》に負けた女はどうですか？』の限定版が残っているという噂を聞きつけたのだ。

鼻歌まじりでラノベコーナーに向かっていると、雑誌コーナーで立ち読みをしている小柄なツワブキ女子の後ろ姿が目に留まった。

頭の片側で小さく結わえた短めの髪は——小鞠《こまり》か？

小鞠は同じ文芸部の1年生。多少腐っていてコミュ障で、俺にだけやたらと当たりの強いのを除けば目立たない一般生徒だ。そういやこの店、小鞠の帰り道だ。

小鞠がいるのは美容やファッション誌のコーナー。

いつも髪はボサボサだし化粧っけもないが、実は興味があるんだな。

……いやでも小鞠のことだ。小説を書くための資料とかのオチに違いない。

後ろを通りすぎようとした俺は足を止め、小鞠が読んでいる本をコッソリのぞきこむ。

なんか良さげな本だったら、俺も妹の佳樹《かじゅ》に頼んで買ってきてもらうのだ。

えーと、メイクの記事みたいだな。絶対バレない天使肌へのステップアップ……？

バレちゃダメって、化粧って人に見せるためにするんじゃなかろうか。

内容が気になって身を乗り出すと、気配に気付いた小鞠がビクリと震えた。

「うなっ!? お、お前、いつからいた?!」

「いま来たとこだ。なんか熱心に読んでたから、小説の資料に使えそうな本でも見つけたのかなって」

「そっ、そう！ し、資料！」

小鞠は言いながら本を背後に隠す。

なるほど、令嬢ものを書くにはメイクの知識も必要なのだろう。

感心する俺を小鞠がジロリと睨《にら》んでくる。

「お、お前こそ、なんでここにいる？ 通学路、違うだろ」

「探してるラノベの限定版が残ってるっていうからさ。わざわざ歩いて来たんだぞ」

「そ、そうか偉いな。う、売り切れる前に早く行け」

「え？ おい、小鞠」

俺の背中をグイグイと押す小鞠。

相変わらずわけの分からんやつだ。ここは逆らわず、言うことを聞くとしよう。

……と、立ち去り際に小鞠の持っている本の表紙がチラリと目に入った。

そのタイトルは――。

『地味な顔立ちでも気付かれずに変身できる　～60日のメイクレッスン』

これは小説の資料――ではなかったかもしれない。

見てはいけないものを見た罪悪感に、俺は足早にその場を立ち去った。

AMAMORI TAKIBI

PRESENTS

ILLUST. BY IMIGIMURU

Special Short Stories

二人は家族Me公認

三洋堂書店特典SS

年の瀬も押し迫った冬休み。俺は開店直後の三洋堂書店豊川店《とよかわ》にいた。

家族で県外に向かう途中、豊川インターチェンジ近くの、この書店に立ち寄ったのだ。

泊まりで出かける際には本を一冊買ってもらえる温水《ぬくみず》家ルールがあるのだが、今日の俺は文具コーナーの前にいた。この店舗は文具の品揃《しなぞろ》えも良いのだ。

俺は専用ボックスに陳列《ちんれつ》されているボールペンを手に取る。

「ちょっと高いボールペンか……アリだな」

普段はあまり使わない文具にお金をかけるとか、なんかカッコいい気がするし。

黄色のボールペンを見つめる俺の鼻を、かすかな土と太陽の匂いがくすぐった。

「……あれ、ぬっくんじゃん。こんなとこでなにやってんの？」

聞き慣れた声と同時、ドシンと誰かが身体《からだ》をぶつけてきた。

怯《おび》えつつ振り向くと、そこには陸上部と兼部の文芸部員、焼塩檸檬《やきしおれもん》の姿があった。

「ボールペン見てただけだって。焼塩こそ、なんでこんなとこにいるんだ？」

「陸上部の練習が休みなの忘れて学校に行っちゃってさ。暇になったから、豊川稲荷《とよかわいなり》にお参りしようと思ってひとっ走りしてきたの」

ひとっ走りって……学校からここまで１０ｋｍはあるぞ。

「だからって豊川稲荷は遠すぎだろ。吉田神社でいいじゃん」

「高校合格のお礼参りをしてなかったんだよね。初詣までには済ませちゃおうかなって」

「年内、ギリギリ間に合ったな。じゃあ、お参りに行った帰りなんだ」

焼塩は俺の手からボールペンを取り上げると、試し書き用紙にサラサラと花の絵を描く。

「ううん、行ってないよ。シャー芯《しん》切らしての忘れててさ。三洋堂を見かけたから、代わりにこっちでいいかなって」

「……ここは寺でも神社でもないんだが」

「この店、豊川稲荷と近いでしょ。この店で買い物すれば、豊川稲荷にお参りしたのと同じじゃん？」

違うと思う。

「お礼参りはちゃんと行ったほうがいいぞ。行き損ねると初詣に行ったとき気まずいだろ？」

「気まずい……？　そういう考え方もあるのか」

焼塩は感心したように頷《うなず》くと、俺の背中をバシンと叩く。痛い。

「じゃあ、ぬっくんも一緒にお参り行こうよ。どうせ暇でしょ？」

「いまから家族で法事に行くから無理だって」

「ぬっくんの家族来てるんだ！　ひょっとしてあのおじさん？　こんちわー！」

「待て、あれは無関係なおじさんだ。いや、あっちの人でもないから手を振るな」

マズイ、焼塩《やきしお》のやつお客さん全員に話しかける勢いだぞ。同級生女子に両親を見られるとか、思春期男子には絶対に避けたいイベントだ。

必死に焼塩を止めていると、佳樹《かじゅ》と両親が足早に店を出ていくのに気付いた。

……よし、助かった。後は焼塩にバレないように合流するだけだ。

佳樹に連絡しておこうと取りだしたスマホに、次々とメッセが届く。


『お兄様、ファイトです』『男を見せろ』『覚悟を決めなさい』


……佳樹だけかと思ったら、何やってんだ俺の親。あれ、ということは。

嫌な予感がして店の外に視線を向けると、駐車場から見覚えのある車が出ていくところだ。

えっ!? 置いてかれた? マジで?

横から俺のスマホをのぞいていた焼塩が明るい笑顔をみせる。

「ぬっくん家族に置いてかれちゃったんだ。ちょうどいいじゃん、一緒に行こうか」

「ちょうどよくはないだろ?! いや、そんなことより俺もう行くから!」

その場を去ろうとする俺の腕を、焼塩の力強い手がつかんでくる。

「いいじゃん、お参りして家まで一緒に走ろうよ。いやー、男を見せろだなんて、ご家族の理解があっていいなー。あたしなんて、どこまでも走るのは止《や》めろっていつもママが——」

「引っ張るなって。だから俺は家族を追いかけないと」

「常識で考えなよ、車相手じゃ無理だって。さ、覚悟を決めよっか！」

ええ……焼塩に常識を説かれるとは。

俺は言い知れぬ敗北感に打ちのめされながら、引かれるまま店を後にした——。

※今回のお店：三洋堂書店　豊川《とよかわ》店
豊川稲荷《とよかわいなり》に近く、マケインワールドでは買い物をすると御利益があると噂されている。豊川インターチェンジにも近いので、旅のお供の一冊を選ぶのに最適です。

四捨五入のお年頃

11月終盤、日曜日の昼下がり。

自宅の玄関先で、佳樹《かじゅ》が目に涙を浮かべて俺を見上げてきた。

「……お兄様、佳樹はもう行きますね」

「ああ、それじゃ気をつけてな。あんまり遅くなるんじゃないぞ」

休日に出かける妹と、それを見送る兄。

ごくごく普通の光景にもかかわらず、ついには涙が一筋、佳樹の頰《ほお》をつたう。

「お兄様一人でさみしくありませんか？　お兄様のお膝《ひざ》に誰も乗らなくて大丈夫ですか？」

乗らなくてもいいし、出来れば俺は一人がいい。

俺は佳樹の頭をポンポンたたく。

「お兄ちゃんは平気だから佳樹は楽しんできなさい。さ、お友達との約束に遅れるぞ」

そう、佳樹はお友達と買い物に出かけるだけなのだ。

「でもでもぉ……お母さんたちも急に出かけちゃったし、お兄様と佳樹のめくるめくスィートタイムが――」

「最近、甘いものは控えてるんだ。さあ、行ってらっしゃい」

「にゃー」

佳樹を強引に外に押し出すと、俺は玄関の鍵をかける。

……さて、これで家には一人きりだ。

俺は大きく伸びをすると、録画したアニメの視聴計画を頭の中でめぐらせる。

やはりここは、家族には見せられないアニメランキング暫定《ざんてい》1位の『エルフの森の消防士』をリビングの大画面で一気見を——。


キンコーン。


俺の高揚感を打ち消すように玄関のチャイムが鳴る。

佳樹のやつ、忘れ物でもしたのかな。

なんの気なしに扉を開けると、そこには予想すらしていなかった相手の姿が。

「あー、助かった。温水《ぬくみず》君、中に入れて——」

バタン。俺は扉を閉じた。


……なんで八奈見《やなみ》がここにいるんだ。

そう、玄関の外にはジャージ姿の八奈見《やなみ》が、汗をだらだら流しながら立っていたのだ。

あ、そういや鍵をかけないと。

鍵に手を伸ばした瞬間、勢いよく扉が開いた。

「ちょっと温水《ぬくみず》君、私の顔見てからドア閉めたでしょ?!」

「いや、なんか汗だくだったから」

俺の説得力にあふれた説明も通用しない。

八奈見はプンスカ怒りながら身を乗りだしてくる。

「別に私、遊びに来たわけじゃないから！　やむを得ない理由があって――」

「ちょっと、ドアに足挟《はさ》まないで?」

「温水君が閉めようとしなきゃいいんじゃない?!」

だって入ってこようとするし。

八奈見が腕まで家の中に入れてきた。まずい、これ以上の侵入は防がないと。

うわ、こいつやたら力が強いぞ――。

そして玄関での前哨戦《ぜんしょうせん》は、俺の完全敗北で幕を閉じた。

◇

八奈見はリビングの椅子《いす》にドサリと座ると、グラスのウーロン茶を一気に飲み干した。

「いやー、生き返ったよ。スマホがあればいいやと思って、財布を持たずにウォーキングに出たからさ」

「そうしたら、バッテリーが切れたというわけか」

言いながら八奈見の向かいに座る。

「誰にも連絡が取れないし、飲み物も買えなくてさ。あ、もう一杯もらっていい？」

俺がお代わりを注ぐと、八奈見はまたも一息にグラスを空にする。

「八奈見さんの家って結構離れてなかったっけ。ずいぶん歩いたんだな」

「お母さんの車で豊橋《とよはし》公園の入口に下ろしてもらったから、そんなでもないよ。で、すぐにバッテリーが切れてるのに気付いて。イチかバチかで温水くんちに来て正解だったよ」

豊橋公園の入口からこの家まで、せいぜい10分くらいだぞ。

それにしては汗だくだったな……なんでだろうな……。

八奈見は掌《てのひら》で顔をあおぎながらリビングを見回す。

「温水くんちに来るのって夏休みぶりだっけ。妹ちゃんは出かけてるんだ」

「友達と買い物に行ってるよ。で、八奈見さんはいつ帰るの？」

八奈見が俺をジロリと睨《にら》む。

「温水《ぬくみず》君、いつも私を早く帰そうとしてこない？」

確かにそうだが、今日はそれだけじゃない。

口にすべきか迷っていると、八奈見《やなみ》はテレビのリモコンスイッチを押す。

「スマホの充電終わんないと帰れないし。あ、マグロ漁師の番組やってるじゃん。これ正月に見逃《のが》したやつだ」

テーブルに肘《ひじ》をつき、画面を食い入るように見つめる八奈見。

……困ったな、こいつ本格的にくつろぎ始めたぞ。

俺は横目で壁のカレンダーを見ると、落ち着かずに足を組みかえる。

まさか今日、八奈見と会うとは思ってなかったから、心構えをしてなかったぞ……。

「俺は家にいるから、充電している間にウォーキングしてきたら？」

「休息も大事なんだよ温水君。ほらテレビ見て！　今シーズン最大の本マグロだって！」

テンションにつられて視線を向けると、画面の中では丸々太ったマグロが釣りあげられたところだ。

「100kg超えだって。すごいね、私二人分以上だよ」

へえ、八奈見二人分以上――。

「……って、サバ読んでない？」

「サバなんて読んでませんけど!?　温水君、四捨五入って知ってる?!」

読んでるじゃん。

八奈見はプンスコ怒りながらグラスを差し出す。俺は黙ってウーロン茶を注ぐ。

「私はこう見えて毎回ダイエット成功させてるんですが？　適性体重キープの鬼と呼ばれてるんだからね」

なるほど、毎日禁煙している俺の伯父さんみたいなものか。

「じゃあ今日もダイエットのために歩いてたんだ」

「別に太ったわけじゃないけどさ。こないだ買った服がなぜか入らなかったから、少し歩こうかなって」

「え、それって太っ――」

ギロリ。八奈見の視線に俺は言葉を飲みこむ。

「太ってません。多分、規格が変わったんだよ。メートル法とかその辺の」

それは一大事だ。

「いや変わらないだろ。メートルだぞ？」

「だって、先月試着したときはピッタリだったんだよ？」

「規格が変わっても服自体のサイズは変わらないじゃん。やっぱり太――」

再び八奈見が俺を睨《にら》む。

「……メートル法が変わったんだね、うん」

「分かったならよろしい」

八奈見《やなみ》は偉そうに頷《うなず》きながら、グラスをカツンとテーブルに置く。

「今日はどちらかと言えば、夜に備えてお腹《なか》減らそうと思ってさ。なにしろ夕飯に焼肉食べに行くからね。食べ放題じゃない高いやつ」

夕飯に高い焼肉……？　よし、この流れなら言いだせるぞ。

「ああ、そういえば今日は――」

「そう！」

俺の言葉をさえぎり、八奈見は笑顔で親指を立てる。

「11月29日で『いい肉の日』だからね！　今日ばかりは石焼ビビンバをオカズにご飯食べても怒られないの」

肉はどこいった。

「いや、そんなことより今日は八奈見さんの」

「昼食も抜いたし、今日の私は本気だよ。牛の部位、全部頼んじゃうからね。まずはホルモンを制覇《せいは》しようかなあ」

ニコニコ顔でエア焼肉を始める八奈見。

この笑顔を邪魔するのは野暮《やぼ》という他ない。

「あれ、温水《ぬくみず》君なんか言いかけた？」

「……いや、なんでもないよ。それより軽く食べといたほうが胃腸が動いて、たくさん食べれるって聞いたことあるけど」

八奈見が軽く首を傾《かし》げる。

「そうなの？　じゃあチーズ牛丼とか食べといたほうがいいかな」

俺、軽くって言わなかったっけ。

「おにぎり1個とか、そんなんでいいんだって。胃を少し動かすぐらいで」

「温水君、おにぎり1個って——誤差でしょ」

誤差。俺が今まで食ってきたのは誤差だったのか。

「それに炭水化物だけだと太るじゃん。野菜とかと一緒に食べないと」

え、八奈見が急にまともなことを言いだしたぞ。

ひょっとしてお腹が空きすぎて体調でも悪いのか……？

「八奈見さん、なんか軽く作ろうか。野菜なら冷蔵庫にあるし」

心配になった俺がそう言うと、八奈見は意外そうな顔をする。

「温水君、料理できるの？　いつも妹ちゃんがしてるんでしょ」

「できるってほどじゃないけど、簡単な丼物とかカレーくらいなら」

「なるほど、男の料理ってやつだね」

腕組みをしながら、ウンウンと頷く八奈見。

「でも男の料理って基本、茶色いじゃん。ダイエットの敵というか」

「八奈見《やなみ》さん、茶色い料理好きでしょ？」

「うん、大好き！」

……告られた。

告られたからには仕方ない。俺は冷蔵庫の中身を思い出しながら立ち上がる。

「じゃあ野菜を多めに、カロリー控えめで作ってみるよ」

「お手並み拝見だね、温水《ぬくみず》君」

八奈見はテーブルに片肘《かたひじ》をつきながらそう言った。

こいつ、なんでこんなに偉そうなんだ……。

◇

約20分後。俺は湯気の立つ皿を八奈見の前に置いた。

「お待たせ、冷めないうちにどうぞ」

温水流、男の料理。野菜たっぷりあんかけ焼きそば。

別名、冷蔵庫の残りモノ総動員スペシャルだ。

八奈見は小さく「おお」と呟《つぶや》きながら箸を手に取り――動きを止めた。

「待って、結構本格的だよね。カロリーは大丈夫？」

「麺《めん》は半分量にして、野菜あんかけでカサ増ししたんだ。えーと多分、300キロカロリー以下だと思う」

「さんびゃく？」

八奈見は眉をピクリと上げる。

「カップ麺1個でも400キロカロリーあるんだよ？　どういう計算をしたのか教えてくれないかな」

……こいつ自分の時はガバガバのくせに、他人には厳しいな。

「えーと、白菜を中心にカロリーの低いキクラゲとシメジ、ヤングコーンをあんかけにしたんだ。鶏ムネ肉を細かく裂いたのとウズラの卵でタンパク質を、さやえんどうとニンジンで彩りを足してみた。あと、材料はレンジで蒸して油を使わなかったし」

俺は説明を終えると、わかめスープを皿の横に置く。

「量が気になるなら残しても構わないよ」

しばらく皿をじっと見つめていた八奈見は、

「……味だよ」

と、低く呟いた。

「なにが？」

「料理は味だからね。食べてみないと勝敗は分かんないから」

いつの間に勝負になったんだ。八奈見《やなみ》は焼きそばを口に運ぶ。

モチャモチャモチャ。

皿を半分ほど空にした八奈見は、突然カタンと箸を置く。

「八奈見さん、どうかした?」

「……ひどくない?」

「え、なにが」

俺をジト目で見上げてくる八奈見。

「一学期に私が作ったお弁当だよ。温水《ぬくみず》君、こんだけ作れるじゃん。私のお弁当、心の中では『アレ』だと思ってたんでしょ?」

……うん、思ってた。

しかし俺も大人だ。はっきりと首を横に振る。

「そんなことないって。弁当は保存のこととか、冷《さ》めても美味《おい》しく食べられたりとか色々と気をつかうだろ? ほら、見ばえも考えないとだし」

八奈見弁当の見た目はともかく。

俺の必死の弁明が伝わったのか。八奈見は得意げな表情で再び箸を手に取る。

「分かってるならいいんだよ。お弁当って大変なんだからね」

上機嫌の八奈見にかかれば、焼そば半玉など瞬殺だ。

焼そばのあんまで綺麗《きれい》に食べ切ると、パンと手を合わせる。

「ごちそうさま！　美味しかったよ！」

「おそまつさま。はい、お茶置いとくよ。熱いから気をつけて」

皿を下げて流し台に向かうと、背後から「熱っ！」と声がする。

……だから気を付けろと言ったのに。

◇

食器を片付けて戻ってくると、八奈見はお茶をすすりながら新聞を読んでいた。

なんかこいつの周りだけ昭和感が漂ってるな……。

「へー、なんか円がドルと比べてあれなんだって。大変だね」

「そうなんだ、大変だな」

エプロンを外して椅子《いす》に座りつつ、俺はソワソワとスマホのカレンダーを確認する。

八奈見の言う通り、今日は『いい肉の日』。だけどそれより、もう少し特別な日でもある。

なにしろ今日は——。

俺がチラリと視線を送ると、八奈見は鼻歌まじりで新聞をめくっている。

「えーと、今日って確か29日だよな」

わざとらしくそう言うと、新聞に目を落としたまま八奈見《やなみ》が頷《うなず》く。

「だよ。私さっき言ったじゃん」

「つまりほら。その……あれだって。だから——これ」

俺は目を逸《そ》らしつつ、本の入った紙包みを差しだした。

「へ？　なにこれ」

「えっと、今日はその、八奈見さんの……誕生日だし」

八奈見は目をパチクリさせながら紙包みを受け取る。

「つまりプレゼントってこと？　温水《ぬくみず》君、私の誕生日知ってたんだ」

俺は恥ずかしさのあまり、うつむいたままコクコクと頷く。

と、包みを開けた八奈見が歓声を上げた。

「ウソ?!　これ、どこにも売ってなくて探してたんだよ！」

八奈見が目を輝かせながら掲げた本の名は『食肉大全』。

畜肉《ちくにく》からジビエまで、国内で流通している食肉を網羅《もうら》した肉好きにはたまらない逸品だ。

「偶然見つけてさ。それでついでというか、なんというか……」

俺の言葉を聞いているのかどうか、八奈見はキラキラした瞳で本のページを指差す。

「ほら見て温水君、牛の胃袋解説だって！　これでギアラとミノを間違えずに済むよ！」

「えっと、そうなんだ。間違える機会、そんなにある？」

「機会は作るものだよ温水君。センマイってメッチャグロくない？」

「そう思うなら、あんまり本を近付けないで」

高校生の男女が自宅で二人きり、生肉の写真を見る——なんなんだこの時間。

……しばらく経って満足したのか、八奈見は本を閉じるとギュッと胸に抱きしめる。

「ホントありがと、温水君。嬉しいよ」

「え……いや、それほどでも」

こんな素直に喜ばれると調子狂うな……。

「それでさ、温水君にちょっと話というか、お願いがあるんだけど」

話？　このタイミングでなんだろう。

戸惑う俺の前、八奈見を前髪をいじりながら恥ずかしそうに話し出す。

「……さっきの焼きそばだけどさ、麺《めん》は半分にしたんでしょ？」

「へ？　そうだけど」

「ってことは、もう半分が残ってるってことだよね。つまりさ、半端に材料が余ると困るんじゃないかなって——」

モジモジモジ。髪をいじる八奈見の姿は、まるで恋する乙女だ。

俺はたたんだエプロンを再び手に取り、立ち上がる。

「……八奈見《やなみ》さん、お代わりいる？」

「うん、いる！」

再び弾けるような笑顔が花開く。

俺は思わず笑みを口に浮かべる。


男子ではなく、あんかけ焼きそばに恋する女子高生。


11月29日『いい肉の日』。

今日は八奈見杏菜《あんな》の16歳のバースデイ。


こいつに彼氏ができる日はまだ遠そうだ――。

TOO MANY LOSING HEROINES!

のんほいコラボショートストーリー2nd

AMAMORI TAKIBI presents

Illust. by IMIGIMURU

▽温水和彦《ぬくみずかずひこ》

俺はツワブキ高校1年、温水和彦。
呼び出されたにもかかわらず、待ち合わせ場所には誰もいない。
代わりに置かれた紙は地図と――何だろう、この絵は。
と、その上に一枚のメモ書きが。
『謎を解いた場所に私たちがいるよ！　会いに来て！』
なるほど、そういうゲームか。
「……でも明日、学校で会えるよな」
面倒だし、やっぱり帰ろうとする俺の肩に何かが当たった。
見ると、走って逃げる文芸部の3人の姿。
……あいつらドングリ投げてきた。しかもクヌギだぞ、もったいない。
「仕方ない、付き合ってやるか……」
俺はドングリをポケットに入れると、謎の書かれた紙を手に取った――

▽八奈見杏菜《やなみあんな》　場所…六角堂（という建物）　マーク…カレー

　俺は謎の書かれた紙を見ながら、小さな建物を見上げた。

「ここ……だよな？」

　謎を解いた先にあったのは木の小屋だ。

　薄暗い室内に入ると中央には木の柱、壁際には展示物が並んでいる。

　そして中には謎の主が――いない。

　誰もいない。

　相変わらず文芸部の女子たちは、人を呼び出しといてこの塩対応だ。

　……あれ、ひょっとして場所を間違ったのかな。

　マップを見返していると、背後から間の抜けた声が飛んできた。

「あ、温水君来てたんだ。早かったね」

　モチャモチャとピザを食べながら小屋に入ってきたのは八奈見杏菜。

「人を呼んどいて、どこ行ってたんだよ」

「仕方ないじゃん。蝶《ちょう》の標本見てたら、急にピザが食べたくなったんだよ」

「蝶とピザ……？　平たい以外の共通点がどこにあるんだ」

「ほら、斑点がなんかサラミっぽいじゃん」

八奈見《やなみ》はピザの残りを口に詰めこむと、モグモグしながら一枚の紙を取り出す。

「えーと、温水君《ぬくみず》が来たらこれを読むんだっけな。よくぞ謎を解いて私を見つけました！　すべての謎を解いたら……解いたら……ん？」

目を細めて紙を凝視《ぎようし》する八奈見。

「どうしたの。漢字読めないとか」

八奈見は俺をジロリと睨《にら》むと、紙をピラピラと振る。

「汗でにじんで読めないだけです！　私こう見えて漢検5級持ってるし！」

5級——確か俺も取ったぞ。小6で。

八奈見はゴホンと咳払《せきばら》い。

「つまりあれだよ。全員と会ったら、なんかいいことあるんだよ。じゃ、あたし先に行ってるね！」

「え、ちょっと——」

八奈見のやつ、来たかと思ったらピザ食ってどっか行った。

よく分からんが、全ての謎を解かないことには始まらないようだ。

……帰っちゃダメかな。

▽焼塩檸檬《やきしおれもん》　場所…水車小屋　マーク…ストップウォッチ

植物園の端にある水車小屋。

謎の答えが正しければ、ここに焼塩がいるはずだ。

そして俺の予想が正しければ――。

俺は腕組みをして頷《うなず》く。

「よし、いないな」

文芸部女子が、素直に俺が来るのを待っているはずがないのだ。

だけどこれじゃ話が進まないぞ。

辺りを見回すと、水車小屋の横には白鳥ボートが浮かぶ池がある。

まさかあいつ、ボートに乗ってはいないだろうな……。

目を凝らしていると、池の周りの遊歩道を結構な速度で走っている人影がある。

遠目にも分かる小麦色に焼けた肌、ショートカットの女子は――陸上部との兼部部員、焼塩檸檬だ。

焼塩も俺を見つけたらしい。

手を振りながら池の外周を一気に走り切ると、俺の前で急ブレーキ。

「早かったね！　もう謎解けたの？」

「そうだけど。焼塩《やきしお》はなんで走ってたんだ？」

「池の周り1周する間に、水車がどんだけ回るか気になってさ」

焼塩は白い歯を見せながら、回る水車を指差す。

「で、何回だった？」

「走ってたら数えられないじゃん！　ぬっくん、変なこと言うねー」

ええ……おかしな人に変だと言われた。

楽しそうに笑う焼塩に、俺は謎メモを突きつける。

「それより謎を解いてここに来たんだけど。この後どうなるんだ？」

「？　次の謎を解けばいいじゃん。八奈《やな》ちゃんにはもう会った？」

え、そういう感じのルールなのか。

「待ってくれ、謎はいくつあるんだ？　俺は閉園まで謎を解き続けるのか？」

思わず不安な表情をした俺の肩に、焼塩がポンと手を置いてくる。

「ぬっくん、よく聞いて。陸上部の練習が終わったら、どうすればいいか知ってる？」

「えーと、着替えて家に帰ればいいんじゃないか」

焼塩はなぜかドヤ顔で首をゆっくり横に振る。

「自由に走ればいいんだよ。どんな距離でもペースでも、どこに向かってもいいんだって。飽《あ》きたら走って家に帰ればいいし」

「……つまりどういうこと？」

俺の疑問に、焼塩も不思議そうに首をコトンと傾《かし》げる。

「正直、あたしもこの後どうすればいいか、よく分かってないの。せっかくだから、のんほいパークの外周を3周くらいしてみようか！」

「もちろん走らないけど。ちょっと、引っ張らないで」

焼塩は俺の腕をつかむと、強引に走り出す。

「いいからいいから、減るもんじゃないし。はい、もっとペース上げてー」

「待って、ヒザの軟骨とか心とか色々減るから！　せめて池の周り3周で！」

……結局、間を取って植物園を3周させられた。疲れた。

▽小鞠知花《こまりちか》　場所…大温室ヤシ小屋　マーク…花

俺は大温室を歩きながら、たわわに実がなったバナナの木を見上げる。

ここにいるのが八奈見《やなみ》だったら、閉園まで眺めてそうだな……。

そんなことを思いながら通路に入ると、見知った小さな後ろ姿。

壁に掛けられた木製の車輪をジッと見つめているのは——小鞠知花。

「小鞠、見つけたぞ」

声をかけると、びくりと身をかがめる小鞠。

「うぇっ!?　ぬ、温水《ぬくみず》。な、なんでここにいる」

お前が呼んだんだろ。

「謎を解いたらここに来たんだって。で、その車輪がどうかしたのか」

「な、なんか大きいから気になって」

そうか、大きいもんな。

さて、謎解きの次はこれを眺めればいいのか。

「…………」

「…………」

しばらく並んで車輪の前に立っていたが、本当にこれでいいのか……？

「小鞠、次はどうしたらいいんだ」

「や、八奈見が企画したから。わ、私もよく分からない」

なるほど、八奈見の企画なら仕方ない。多分あいつも分かってないし。

「えっと、じゃあ俺……行っていいのか？」

「ま、待て。この場所、任せた」

「え？　ああ、分かった」

よく分からんが任された。

小鞠が隣の『水草のへや』に行ってしまったので、俺は壁の車輪をジッと見つめる。

……

………

……………なにやってんだ俺。

流れとしては、この後どこかに行かなきゃじゃなかろうか。

小鞠に続いて水草のへやに入ると、小鞠はアクアリウムの水槽を食い入るように見つめている。

「なあ小鞠。俺が来た以上、あの場所は死守しなくてもいいだろ」

「ま、待て、いまドジョウ見てる」

ドジョウ。それ、俺より優先すべきことなのか。
でも改めて見ると、ヒゲがたくさんあって可愛《かわい》いな。
可愛さでは俺より上だと言わざるを得ないし、仕方ないか……。
俺は時間も忘れて、小鞠《こまり》とアクアリウムを眺め続けた。

▽温水佳樹《ぬくみずかじゅ》　場所…すいれんの園上流付近あずまや　マーク…ライトノベル

水路沿いの『はなしょうぶの園』を抜け、『すいれんの園』に差しかかる。

俺はあずまやのベンチに腰を下ろすと、もう一度マップに目を落とした。

謎の答えからすると、ここに妹の佳樹がいるはずだ。

「……だけど、なんで佳樹までいるんだ？」

そう、今日は文芸部の校外活動ということで呼び出されたのだ。

文芸部の八奈見《やなみ》、焼塩《やきしお》、小鞠の３つの謎があるものと思っていたが、なぜか佳樹から出された謎まで入っている。

温室前でドングリを投げられたとき、佳樹の姿は見えなかったけどな……。

不思議に思いながらマップを見ていると突然、視界が暗く塞《ふさ》がれた。

「お兄様、だーれだ」

佳樹だ。

俺の目を後ろから覆う掌《てのひら》を引きはがす。

「佳樹、そこにいたのか」

「えへへー、バレちゃいました。愛ですね」

そうか、愛なのか。

佳樹《かじゅ》は上機嫌で俺の隣に腰かける。

「謎解きは順調ですか？　佳樹に会えて嬉しいですか？」

「ああ、嬉しいし順調だ。それより、いつの間に文芸部の連中と連絡とってたんだ？」

俺の質問に、佳樹は人差し指を口の前に立てる。

「んー、それは秘密です。女の子には秘密がつきものですよ？」

そういうものか。佳樹が言うならそうなんだろ。

佳樹は俺が持つマップをのぞきこむ。

「お兄様、池には行きました？　よければ佳樹と一緒にスワンボートに乗りませんか」

「それがまだ、謎解きが全部終わってなくてさ。えーとこれは、みんなを見つけてから最後の謎があるのか……？」

これは結構難しそうだぞ。

急がないと、あいつら俺をおいて帰りかねない。

俺は気合いを入れ直して立ち上がる。

「まずは全員と会って最後の謎を解くよ。お兄ちゃん行くけど、佳樹は大丈夫か？」

佳樹はニコリと微笑《ほほえ》みながら俺の正面に立つ。

「はい、佳樹のことはお気になさらず。でも謎が解けなくてお困りになったら――」

言いながら俺の頬《ほお》を両手で挟みこむ。

「――佳樹にお声かけください。いつでも駆け付けます」

▽ラスト謎…ちびっこさくら広場あずまや　マーク…☆

ついにすべての謎を解いた。
俺は達成感と同じくらいの疲労感に包まれながら、広場のあずまやを訪れた。
解いたすべての謎を読み返し、大きく頷《うなず》く。
——間違いない。ここが最終目的地だ。
俺は紙をベンチに置くと、あずまやの前で出題者たちを待ち受ける。
さあ、最後にどんな謎が控えているかは知らないが、ここまで来たのだ。
俺に解けない謎はない、いつでもかかってくるがいい。
……
…………
…………あいつら来ないな。
辺りを見回すと、ちびっこ広場の遊具で大きなお友達が遊んでいる。
高いところから飛び降りようとして、小さな女の子に叱《しか》られているのは——焼塩《やきしお》だ。
八奈見《やなみ》は滑り台に腰がはさまり、動けなくなっている。
群がる子供たちに引っ張ってもらって——あ、抜けた。

……帰ろうかな。

その光景を少し離れてみていた小鞠《こまり》が俺に気付いたらしい。

八奈見と焼塩を手招きすると、そろってこちらに歩いてくる。

知らないフリをしようか迷っているうちに、３人組は俺の前まで来た。

八奈見は後ろ手に何か隠し、他の二人とクスクス笑い合っている。

……なにかたくらんでるな。

俺は平静を装い、落ち着いた声を出す。

「謎は全部解いたんだけど。まだなにかあるのか？」

３人娘は笑いをこらえながら視線を交わすと、俺に向かって口を開く。

「温水《ぬくみず》君！」

「ぬっくん！」

「ぬ、温水」

え、なに突然。

怯《おび》える俺に、３人が更なる大声を張り上げる。

「「おめでとーっ！」」「お、おめで、と」

!?　な、なんだ？　いきなりなにを祝われてるんだ。

つまり今日呼び出されたのは……サプライズパーティーか何かなのか。

なんか知らんが嬉しいな。嬉しいが――。

「……で、なんのお祝い？」

俺の質問は冗談とでも思われたのか、八奈見《やなみ》たちが顔を見合わせる。

「またまたー、とぼけちゃって」

八奈見はニヤニヤしながら色紙を差し出してくる。

見れば3人からの寄せ書きだ。

えーと、中央に大きく『温水《ぬくみず》君、誕生日おめでとう』の文字。

友達に誕生日を祝ってもらうなんて初めてだ。

俺の胸に満ちていくこの気持ちは感動……ではなく困惑だ。なぜなら――。

「俺の誕生日、今じゃないんだけど」

「「「え？」」」

途端に空気が凍りつく。

「で、でも焼塩《やきしお》が今日だって」

小鞠《こまり》がオドオドしながら視線を向けると、焼塩が大きな目を丸くする。

「ぬっくんって誕生日が『いい肉の日』でしょ？　それって今日じゃん」

八奈見が「あー」と小さく呟《つぶや》きながら片手を上げた。

「それ、私の誕生日。それに『いい肉の日』って今日じゃないよ」

「へ？」

再び沈黙が場を支配する。

……えーと、この寄せ書きはどうすればいいのかな。

俺が固まっていると、焼塩が俺の手から色紙を取りあげる。

「これどうしよ。八奈《やな》ちゃんにあげればいい？」

八奈見にあげてどうすんだ。

「もったいないし、私もらっとこっか」

お前も、もらってどうすんだ。

嗚呼《ああ》、なんというグダグダ感。

小鞠にいたってはスマホを触り始めたし——。

「……あれ、そういえば佳樹《かじゅ》はいっしょじゃないのか？」

思い出した。佳樹も俺に謎を出してきたんだ。

この計画に絡《から》んでいるはずなのに、なぜ俺の誕生日を勘違いしたんだ……？

八奈見が不思議そうに首を傾《かし》げる。

「なんで妹ちゃん？　今日の計画は文芸部の行事だから、声かけてないよ」

「え、だってもらった謎に佳樹の分もあっただろ？　それを解いて会ったばかりだし、どうしてここにいないのかなって」

「「「えっ」」」

ヒソヒソヒソ……。

なんかこいつら、俺をチラチラ見ながら内緒話を始めたぞ。

そして焼塩《やきしお》が代表して、俺の前に立つ。

「ぬっくん、用意した謎は3つだけだよ？　あたしと八奈《やな》ちゃん、小鞠《こまり》ちゃん。みんなで1個ずつ作ったの」

ウンウンと頷《うなず》く八奈見《やなみ》と小鞠。

「謎は3つ？　最後の謎は誰が作ったんだ？」

焼塩が長い睫毛《まつげ》の間から、訝《いぶか》し気な視線を向けてくる。

「最後の謎？　なんの話？」

「いやほら、謎を書いた紙をそこのベンチに置いてるから」

こいつら、まだしらを切るつもりか。俺は紙を手に取ると、3人の前で広げる。

手元にあるのは謎が書かれた紙が3枚とマップ。

そして八奈見の字とおぼしき手書きのメモ――。

『3人全員を見つけたら、ちびっこさくら広場のあずま屋に集合！』

……なんだこれ。初めて見たぞ。

佳樹《かじゅ》の謎と、ラストの謎が書かれた紙も無くなっている。

まさかさっき会った佳樹は、俺の幻覚だというのか……？

完全に混乱しきった俺の頭を、八奈見がポンポンと叩く。

「温水《ぬくみず》君、きっと疲れてるんだよ。少し休もうか」

「ごめんね、ぬっくん。無理に走らせて疲れちゃったよね？」

「ぬ、温水……つ、ついにいかれたか」

気遣いの言葉が心に染みる。約一名、俺を罵倒《ばとう》している気もするが。

「いやホント、さっきまであったんだって！　ほら、しりとりをして謎を解いてさ。佳樹が後ろから、だーれだをしてきて」

……あれ。３人の俺を見る目が、可哀《かわい》そうな人を見るそれだ。

まずい、これじゃ本当に俺がアレな人だ。

助けを求めるように辺りを見回すと、遊具の影にまぎれるように、小柄な長い髪のシルエットがチラリとよぎった。

「ほら！　広場の遊具の影！　あそこが佳樹がいるんだ！」

指差す俺の手を、八奈見が優しく握ってくる。

「うんそうだね、温水君。きっと、お腹《なか》が空いてるんだよ、揚げ物でも食べたら頭が冴《さ》えるって」

「え？　いや、本当に――」

焼塩《やきしお》が俺の背中にそっと手を添える。

「ぬっくん、反対に少し走ってみるのはどうかな。限界を超えたら、頭の中がブワッって感じになるよ?」

小鞠《こまり》がジト目で見てくる。

「ぴょ、病院行け」

……一人だけ優しくないやつがいる。

俺は3人に励まされながら、ふと思う。

ついに妄想と現実の境が曖昧《あいまい》になってきたのだとしたら——。

「……むしろ有りかもな」

Special Short Stories

TOO MANY LOSING HEROINES!

5巻 Short Story of Vol.5

ショートストーリー

AMAMORI TAKIBI presents

Illust. by IMIGIMURU

アクマでも冗談です

メロンブックス特典SS

週末の昼前。温水《ぬくみず》家の庭で、佳樹《かじゅ》とゴンちゃんが並んでなにかをのぞきこんでいた。

視線の先、木の台に乗っているのは盆栽《ぼんさい》の鉢植えだ。

「ヌクちゃんはモミジか。松にしんかったんだ」

嬉しそうに枝をつつくゴンちゃんに、頷《うなず》いてみせる佳樹。

「せっかくだからゴンちゃんと違うのにしようかなって。この時期は葉っぱがないから、ちょっとさみしいけど」

佳樹が友人に影響されて盆栽を始めたのだ。

本を片手に見よう見まねでやってみたが、意外と塩梅《あんばい》が難しい。

「寒いうちに針金かけをしたくて。ゴンちゃん、やりかたを教えてくれる？」

「任せときん！　まずは目指す形を決めてから幹《みき》に針金を――」

ゴンちゃんはすっかりスイッチが入ったようだ。

頭一つ高い位置から佳樹の作業をソワソワと見守り、たまに手と口を出す。

「ここは二本がけでいこまい。あ、その角度はもう少しつけんといかんよ」

「……もう、ゴンちゃんは盆栽のことになると世話焼きになるんだから」

二人はもう一度顔を見合わせると、鈴を転がすような声で大きく笑った。

髪は女の命です

アニメイト特典SS

温水《ぬくみず》家の洗面所。

鏡に映る小鞠《こまり》の姿を見て、佳樹《かじゅ》が興奮気味に歓声をあげた。

「小鞠さん、とってもお似合いです！」

佳樹のテンションが上がるのも無理もない。

小鞠が身を包んでいるのは黒いゴスロリワンピース。

佳樹はオドオド震える小鞠の両肩をつかむと鏡に向ける。

「胸元のリボンがとてもバエてます！　よければお兄様16歳の記録集に写真を――」

「あっ、あの……」

小鞠はワタつきながらスマホに手に取ると、猛然と画面を叩く。

『ジャージとかでいいから、普通の服はないの？』

画面を突きつけられた佳樹は、しばらくキョトンとしていたが、実に申し訳なさそうな顔で頷《うなず》く。

「すみません、いまお貸しできる服はそれしかないんです」

「うぇ……？　え、えと――」

そんなはずはない。食い下がろうとスマホに伸ばした小鞠の手を、佳樹が強く握る。

「さあ小鞠さん、せっかくだから髪形も変えてみませんか？　佳樹、こんな時にそなえて練習してたんです」

佳樹はさりげなく小鞠のスマホを遠ざけると、ヘアブラシとドライヤーを取り出す。

「さあ小鞠さんの可愛《かわい》さに磨きをかけましょう。きっとお兄様もメロメロです！」

「めっ、めろっ……?!」

固まる小鞠。それを幸いと髪のセットを始める佳樹。

洗いたての髪を丁寧に整えると、前髪の一部を編みこんでいく。

「……最後にこのカチューシャを付けてっと。はい小鞠さんの可愛さ完成です！」

「ふぇっ?!」

夢でも見ているように固まっていた小鞠は、鏡の中の自分を見てもう一度固まった。

そこには見慣れたボサボサ頭ではなく、フリルのカチューシャと三つ編みで飾った女の子の姿があった。

小鞠の背後から、佳樹が囁《ささや》くように呟《つぶや》く。

「髪は女の命です。小鞠さんは可愛いから、いつでもお姫様になれちゃうんですよ？」

「こ、これ、わ、わた――」

佳樹《かじゅ》は頷《うなず》くと、小鞠《こまり》の手にスマホを握らせる。

「小鞠さん。お兄様の二次元の好みはリアルタイムで把握《はあく》してますので、いつでも聞いてください。ちなみにいまのブームは猫耳メイドです」

スマホの感触に小鞠がようやく正気を取り戻した。

慌てて画面を見ると、そこにはメッセージが表示されている。


『これからもお兄様のこと、お願いしますね』


メッセージの送り主は――温水《ぬくみず》佳樹。

「ふえっ⁉」

小鞠が驚いたのも無理はない。佳樹と連絡先を交換した覚えはないのだ。

「こ、これ、いつの間、に……？」

佳樹は満面の笑みで質問を黙殺する。

そして強引に小鞠と腕を組むと、洗面所の扉を大きく開け放った。

「さあ、佳樹と美味《おい》しいチョコを作りましょう！」

AMAMORI TAKIBI

PRESENTS

ILLUST. BY IMIGIMURU

Special
Short
Stories

ゲーマーズ特典SS

雑草なんて草はない、と彼女は言った

ある日の放課後。

俺が部室に入ると、腕組みをした八奈見《やなみ》が、待ち構えるように椅子《いす》にふんぞり返っていた。

「よく来たね温水《ぬくみず》君――――あ、ちょっと！　なんで出ていこうとするの?!」

「だってなんか、めんどくさそうな感じがしたし」

……逃げ遅れた。溜息をこらえつつ八奈見の向かいに座ると、
ゴン！　八奈見が音をたてて空の牛乳瓶をテーブルに置いた。

瓶には一輪の花が生けられている。

「えっと……誰か死んだの？」

「死んでないし。中庭の花壇《かだん》に生えてた雑草がキレイだったから、校内美化の一環として摘《つ》んできたの」

へえ、八奈見にしては気の利いたことをする。

感心する俺に八奈見がドヤ顔を向けてきた。

「最近、誰かさんが私の女子力を疑《うたが》ってるみたいだし？　私もできる女ってところを見せようかなって」

なるほど。でも牛乳瓶に野草を挿《さ》したくらいで、累積《るいせき》したマイナスはプラスにならないぞ。

八奈見が雑草呼ばわりした花を観察する。

５００円玉くらいの大きさで、ひっくり返したお椀《わん》のような白い花。

確かにこんなキレイな花をつける草を、ただ捨てるのは忍びない。忍びない――が。

「……これ、本当に勝手に生えてたのか？」

「もちろんだよ。普通は冬に花なんて植えないでしょ？　雑草に決まってるじゃん」

そんなガバガバ基準で雑草判定したのか。

それにこの茎や葉っぱの感じ、どこかで見覚えがあるな……。

「この花、クリスマスローズじゃないか」

「え？　なにそれ」

「冬咲きの花だよ。葉っぱに見覚えがあると思ったら、花が八重《やえ》のやつがうちにあるんだ」

「でも花壇は他になにもなかったし。使ってない花壇に勝手に生えたんだって」

……ん？　花壇にこの花だけ生えてたということは。

「野ざらしの花壇に、一種類の植物だけ勝手に生えたりしないと思うよ。むしろ手入れされていた証拠じゃない？」

ようやく納得したのか、八奈見は目を丸くする。

「待って、もし温水君の言うことが本当なら……」

「八奈見《やなみ》さんは花壇荒らしをした――ということになる」

黙りこむ八奈見を前に、俺は記憶を掘り起こす。

そういえば――俺はブレザーの内ポケットから手帳を取り出した。

「やっぱりだ。10月ごろ、志喜屋《しきや》先輩があそこになにか植えてたよ」

「じゃあこれって……あの先輩が植えたやつを、私たちが引っこ抜いてきたの？」

待て、やったのはお前一人だ。

「えーと、俺は用事があるのでそろそろ帰るよ」

逃げ出そうとする俺の腕を、八奈見が逃がさじとつかんでくる。

「待って、温水《ぬくみず》君も共犯でしょ?!」

断じて違う。俺たちがもみあっていると、不意に部室の灯りがチラつき始めた。

そして、しばらく明滅していた蛍光灯は、プチンという音と共に暗くなる。

……あれ、この部屋こんなに寒かったっけ。

冷気に身を震わせていると、部室の扉がゆっくりと開いていく。

「雑草なんて……植物は……ないんだよ……？」

「「きゃっ！」」

暗闇に白い瞳がドロリと光る。

思わず抱き合う八奈見と俺に向かって、志喜屋さんがフラリと足を踏み出した――。

AMAMORI TAKIBI

PRESENTS

ILLUST. BY IMIGIMURU

Special Short Stories

精文館《せいぶんかん》書店特典SS

手が冷たい人は心が温かいのなら、手が温かい人は（以下略）

豊橋《とよはし》駅からほど近い精文館書店豊橋本店。

俺は新刊のラノベを買うと、隣のファストフード店に移動した。

この店は精文館書店と一階で繋がっているので、本を買い、ポテトを食べながらそれを読むという最強コンボが成立する。

俺は二階席の一角を陣取ると、馴染《なじ》みのブックカバーの感触を楽しみながら本を開く。

今日のお供は『ヒロインレース終了後、俺がバツ5になっていた件』という新作だ。

冒頭の修羅場《しゅらば》シーンを読みながらコーラをすすっていると、本の上に暗い影が差しこんだ。

顔を上げると、そこにいたのはツワブキ高校生徒会役員、志喜屋夢子《しきやゆめこ》。

ゆらゆらと揺れながら、白い瞳で俺を見下ろしている。

「ここ……空いてる……？」

「えっ?!　あの、もちろん空いてますけど――」

ワタつく俺の向かいに腰かけると、志喜屋さんは紙コップにストローをさす。

「桃《もも》のシェイクが……始まった……から……」

相変わらずのマイペース。

ツワブキ女子は大体こんな感じだが、この人は特にひどい。

「えっと、桃のシェイク好きなんですか」

「うん……好き……」

カクリと頷《うなず》いた志喜屋さんは、ストローをくわえると——そのまま動きを止めた。

……生きてるよな？　不安になるので、まばたきくらいはして欲しい。

ポテトをつまみながら眺めていると、しばらくして志喜屋さんがストローから口を離す。

「シェイクが……固くて……吸えない……」

「そんな馬鹿な」

思わず口に出したけど、志喜屋さんだしな。幼児並みの肺活量でも不思議はない。

と、志喜屋さんは首を傾けながら俺を見つめてきた。

「代わりに……吸って……？」

「……はい？」

代わりに吸う？　飲めないから俺にくれる——って意味じゃないよな。

戸惑う俺にシェイクを渡してくる志喜屋さん。

「最初の一口……飲んでくれたら……私でも……吸える……」

なるほど、一度ストローの先までシェイクを吸えば、二口目からは楽に飲めるというわけか。

……え？　それって間接キスってやつじゃないのか。

いいのか。付き合ってもいないのに、間接キスなんて――。

ふと、人の食べかけを平気で食うクラスメイトの顔が頭に浮かぶ。

八奈見《やなみ》と比べれば、間接キスくらい普通ではなかろうか。うん、そうだ。普通だな普通。

俺は自分に言い聞かせながら、ラメ入りのグロスが光るストローの先を見つめる。

よし、いくぞ。ファースト間接キスくらいで怖気《おじけ》づく俺ではない――。

紙コップをにぎったまま固まっていると、志喜屋《しきや》さんが俺の手を掌《てのひら》でそっと包みこむ。

「ちょっ、先輩?!」

そしてそのままシェイクを手に取ると、ストローをくわえてしばし固まる。

……また動きが止まったぞ。

ハラハラしながら見守っていると、唇を白く濡《ぬ》らしながら口を離す志喜屋さん。

「飲めた……」

あ、飲めたんだ。ひょっとして俺が握りしめていたから、ぬるくなったのか……？

喜ぶべきかガッカリすべきか考えていると、

「君の手……あったかい……」

そう呟《つぶや》いて再びストローをくわえた志喜屋さんは、嬉しそうに微笑《ほほえ》んだ――ような気がした。

AMAMORI TAKIBI

PRESENTS

ILLUST. BY IMIGIMURU

誰とも会わずに買えちゃいます

三洋堂書店特典SS

年が明けて間もない冬休みの昼下がり。

俺は名古屋市の熱田神宮《あつたじんぐう》から徒歩数分、スマ本屋名鉄神宮前《めいてつじんぐうまえ》店にいた。

家族と熱田神宮への初詣《はつもうで》帰り、わざわざ別行動をしたのにはわけがある。

この店舗はウェブで注文した本をセルフで受け取り、セルフレジで購入できる。まさに新時代の書店なのだ。

俺は初めてのセルフレジを済ませると店を出て、注文した本のパッケージを開ける。

中に入っているのは『〇〇しないと進級できない学園で、俺は清く生き抜きます』というタイトルの新作ラノベだ。

この本を選んだ理由に他意はない。単に発売日が近かっただけで、本当に他意はない。

満足して表紙を眺めていると、誰かの視線を感じる。

……おっと。地元から離れているとはいえ、人前でニヤけている場合じゃない。

わざとらしく澄《す》まし顔をしていると、

「やっぱり温水《ぬくみず》さんですか」

覚えのある声が聞こえてきた。

「……へ？　天愛星《ていあら》さん、なんでここに」

そう、俺に声をかけてきたのはツワブキ高校の同級生、生徒会の馬剃《ばそり》天愛星だ。

声をかけられるまで気付かなかったのも無理はない。

彼女は晴れ着姿で、いつものひっつめ髪にも艶《あざ》やかな飾りを付けている。

「母の実家がこの近くなんです。それと下の名前で呼ばないでください」

天愛星さんは不機嫌そうな表情で、俺の手元を一瞥《いちべつ》する。

「……人前でそんな本を見つめているのはどうかと思いますが」

「いやいや、違うって。これは真面目――かどうかは分からないけど、普通の本だから」

そういう天愛星さんこそ、持っているのはスマ本屋でセルフ購入した本のパッケージだ。

ははあ、やっぱりこの人も――。

俺の視線に気付いたか、天愛星さんは「やれやれ」と口に出してそう言った。

そんなこと本当に言う人、初めて見た。

「いいですか、学生の本分は勉強です。年の始まりこそ、気を引き締めるのが肝要ですよ」

もっともらしく言うと、天愛星さんはパッケージから参考書を取り出す。

タイトルは『これで駄目《だめ》ならあきらめろ！　必勝、古文と漢文』。

正月早々、悲壮感《ひそうかん》のあるタイトルだな……。

俺は今年はまだノートも開いてないのに、天愛星さん感心だ。

「確かに馬剃《ばそり》さんの言う通りだな。その参考書、ちょっと見せて」

俺が参考書に手を伸ばすと、

「えっ、ちょっと待っ――」

バサリ。一冊の本が地面に落ちた。参考書の裏に、もう一冊本が隠れていたようだ。

タイトルは『男子校でも恋がしたい！　校内恋愛推奨《すいしょう》です』。

素早く本を拾い上げた天愛星《てぃあら》さんは、うつむいたまま首筋まで真っ赤に染める。

「み、見ました……？」

「見てない見てない！　ほら、高校生だしあのくらいは普通――」

「やっぱり見てるじゃないですかっ！」

涙目で詰め寄ってくる天愛星さんをなだめつつ、さっき引いたおみくじを思い出す。

書かれていたのは確か――。

『争い事　避けよ。必ず負ける』

……おみくじって結構当たるんだな。

俺はそんなことを思いながら、新年早々の厄介《やっかい》ごとに身をゆだねていた。
※今回のお店：スマ本屋 名鉄神宮前店
ウェブで注文し、セルフで受け取ることができる三洋堂書店の新業態店。

自分の若い時にもあればなあ……と、遠い目になるお客さんが多いとかなんとか。

BOOKWALKER特典SS

桃園《ももぞの》中学3年2組　出席番号17番

市立桃園中学校。

俺は放課後の図書室で、進学資料の棚の前に立っていた。

永遠に続くかと思えた義務教育も残り1年。

つまりその先の進路は自分で選ばなくてはいけないわけで——。

学ランのホックをはめ直しながら、棚に並んだファイルを眺める。

ファイルの背表紙には市内の高校の名前が並んでいる。

その中に『愛知県立ツワブキ高等学校』の名前を見付けて手を伸ばした。

と、俺は伸ばした手を途中で止めて迷いながらそれを下ろす。

——気後れしたのだ。

ツワブキ高校は市内で一番の進学校。正直、いまの成績ではキツい。

内申書も関係する高校受験で一発逆転に賭《か》けるほど、俺はロマンチストではない。

しばらく棚の前に立っていた俺は、勢いをつけてもう一度手を伸ばす。

表紙がちょっとHなラノベを買うようなものだ。全然普通の本ですけどなにか？　といった感じで手に取れば——。

ファイルの背表紙に触れたのと同時、横から出てきた手が指先に当たった。

「あっ、ごめん」

俺は慌てて手を引く。

「こちらこそ――って、同じクラスの人だっけ」

「え、いや、まあ……」

そう、同じファイルに手を伸ばしてきたのはクラスメイトの焼塩檸檬《やきしおれもん》。

小麦色の肌と健康的なショートカットは、教室でもひときわ目をひく存在だ。

彼女は俺とファイルを見くらべると、

「ふうん、ツワブキ受けるんだ」

言いながらファイルを手に取り、そのまま俺に差し出してきた。

「え、でも――」

「あたしは後でいいよ、しばらく勉強してるし」

固まる俺にファイルを押し付けると、焼塩はクルリと背中を向けた。

スカートの裾《すそ》がひるがえり、ふわりと柑橘《かんきつ》系の香りが鼻をくすぐる。

女子と言葉を交わしたのもいつぶりだろう。

立ち去る背中をぼんやり眺めていた俺の意識は、掌《てのひら》のファイルの感触に引き戻された。

女子をジロジロ見ている場合じゃない。隅のテーブルに陣取るとファイルを開く。

――ツワブキ高校は江戸時代、吉田藩の藩校を前身とした歴史ある学校だ。

敷地がやたら広くて、国からなんか色々な指定を受けた凄《すご》い学校らしい。

1ページ目の学校概要に書かれた偏差値は、俺の全国模試の結果より、小学生一人の年齢分は上回っている。ちなみに何年生かは秘密だ。

これから勉強を頑張れば受験までにはどうにか――。

「いや、無理だろ」

溜息をつきながら天井を見上げる。

まだ3年生になったばかりとはいえ、周りもこれから受験勉強に本腰を入れるのだ。

普通に頑張るだけでは、現状維持がやっとのはず。

……そういえば、焼塩《やきしお》さんもここを受けるんだよな。あの人、そんなに成績良かったっけ。

周りを見回すと、離れたテーブルに焼塩の姿があった。

焼塩は確か陸上部のキャプテンで、校内の掲示物でもよく名前を見かける。

陸上部の練習だけでも大変だろうに、空いた時間で勉強をしてるのか。

まぶしさと劣等感の入り混じった気分で眺めていると、彼女の隣に眼鏡をかけた男子生徒が座った。

……なるほど、彼氏と勉強か。

劣等感100%でファイルに視線を戻す。

ツワブキ高校は部活動も盛んだ。

部活動案内のページをめくっていると、文芸部の紹介に目がとまった。

活動時間は放課後で毎日。活動内容は『世界を目指します』の一言。

……これ、なにもやってないヤツだ。

だけど、このくらいゆるい方がちょうどいい。

大会に向けて毎日練習とかだと大変だし。

「でも文芸部の大会って、なにやるんだ……？」

思わず独りごちる。

詩とか短歌で勝負するのだろうか。自分はラノベ読むくらいしかできないし、マネージャーとかやろうかな……。

妄想にひたりながら席を立つと、ファイルを棚に戻す。

なんにせよ、成績を上げないことには始まらない。

自分にそれだけの覚悟があるかといえば、正直まだない。

……とりあえず決断は先送りにするとして、今日は本の続きを借りるとするか。

小説のコーナーで手にしたのは『滅びの国の戦記』８巻。

前巻で主人公が某国の王位継承者だということが判明し、ストーリーが一気に動き出したのだ。

そういや家でこれを読んでいるとき、佳樹《かじゅ》が興味を持ってたな。

1巻を借りていこうかと、なにげなく棚に手を伸ばす。

「……ん？」

その瞬間、俺は視線を感じて振り向いた。

チラリと小さな影が書棚の陰に隠れる。

まさか――佳樹？

妹の佳樹は同じ桃園《ももぞの》中学の1年生で、入学当時は学校だというのに俺にべったりだった。

だけど最近は学校で姿を見せなくなって、少しホッとしていたのだ。

さっきの影を追おうとして、俺は足を止める。

いくらなんでも、一緒に住んでいる家族をストーカーするやつなんているはずない。

「俺も過保護すぎるのかな」

苦笑いしながら、8巻だけを手に貸出カウンターに向かう。

途中、焼塩《やきしお》たちのテーブルの近くを通りかかると、ヒソヒソ話が聞こえてきた。

「うそ?!　ボイル・シャルルの法則って社会の教科書に載ってなかったっけ？」

「うーん、どちらかというと理科の時間かな。ほら、こないだ気体の温度と圧力の関係についてノートにまとめただろ？」

……なんだこの会話。

横目で盗み見ると、一冊のノートを二人が顔を近付けてのぞきこんでいる。

「あー……こっちのシャルルさんか」

「ああ、このシャルルさんだ」

そうして一瞬見つめ合うと、声を殺してクスクス笑う二人。

……よし、爆発しろ。

俺は足早に貸出カウンターに歩み寄ると、カバンから取りだした『滅びの国の戦記』７巻と、これから借りる８巻を置く。

「あの、これ、返却と貸出……」

ボソボソと呟《つぶや》くと、それまで本を読んでいた図書委員がゆっくりと顔を上げた。

眼鏡をかけた飾り気のない女生徒で、放課後たまにカウンターで見かける人だ。

図書委員は俺に負けじとボソボソ呟きながら本を手に取った。

この人は司書の先生と違って話しかけてこないので、実に助かる――。

「……ホロセン、読んでるんですか？」

「へ？」

眼鏡をキラリ、と光らせて俺を見上げてくる図書委員。

「春日野《かすがの》ハル先生いいですよね！　ホロセンってハル先生の作品の中ではマイナーですが、私は最高傑作《けっさく》だと思っています！　何巻まで読みましたか――って7巻までですよね、私なに言ってんだろ。８巻はラストのカロスが戦死するシーンが凄《すご》く泣けるんで、早く読んでくださいね！」

……この人、圧が強い。その上、さらっとネタバレしてくるし。

図書委員が更に口を開こうとすると、聞き慣れた声が割りこんできた。

「お兄様、偶然ですね」

言いながら姿を現したのは妹の佳樹《かじゅ》だ。

「やっぱりいたのか。じゃあさっきのは――」

「いいえ、佳樹はいま来たところです」

すっぱりと言い切ると、佳樹はよそいきの笑顔でカウンターをのぞきこむ。

「すみません、ホロセンの7巻は返ってきましたか？」

我にかえった図書委員は、目をしばたかせてからコクリと頷《うなず》く。

「あ、はい。ええと、いま返ってきました」

慌てて手続きを始める図書委員。

「あれ、佳樹も読んでたんだ。これ面白いだろ？」

「いいえ、読んでません」

「……え？」

　じゃあなんで7巻を借りるんだ。

　不思議に思っていると、佳樹は俺の腕をギュッと抱きしめてくる。

「だってお兄様の直後に借りたら、貸出カードに名前が並びますよね。苗字も一緒だし、もうほとんど夫婦みたいなものじゃないですか」

　いや、その理屈はおかしい。

　反論しようとした俺を、佳樹がニコニコと見上げてくる。

「夫婦みたい、ですよね？」

　妹まで圧が強い。

「うんまあ……兄妹の方が自然かな。中学生だし」

　適当に返事をにごしていると、手続きが終わったらしい。

　図書委員の女生徒がカウンターに本を置く。

「はい、こっちが7巻です。そしてこれが――ボソボソボソ」

　女生徒は呟《つぶや》きながら8巻を指先で押しだしてくる。

　……急に心を閉ざされた。

　俺は地味にショックを受けながら図書室を後にする。

　佳樹は俺の腕にまとわりついたまま、上機嫌で話しかけてきた。

「お兄様、今日は調べ物でもしてたんですか？　いつもなら放課後は、本を借りてすぐに帰るのに」

「調べ物ってほどじゃないけど」

言いながら佳樹《かじゅ》の絹糸のような黒髪を見下ろす。

「──佳樹は行きたい高校ってあるのか?」

不意の質問に、佳樹は丸い目をパチリとしばたかせる。

「はい！　もちろん、お兄様がいる高校です！」

言うと思った。俺は溜息をつきながらたしなめる。

「佳樹。自分のことなんだから、進路は真面目に考えないといけないぞ」

「んー、でも佳樹はまだ1年生ですから。進みたい道も決まっていませんし」

まあ、そんなもんか。そもそも3年生の俺が志望校を決めきれないんだし。

そのまま黙って歩いていると、佳樹が小さく呟《つぶや》いた。

「……ツワブキにはちょっと憧れがありますね」

その遠慮がちな一言がなぜだか心に引っかかり、俺はもう一度、ツワブキの資料を読んでみようと思った。

◇　◇　◇　◇

——それから俺は高校生になり、なぜか昔の制服を着て桃園《ももぞの》中学を歩いていた。

図書室の前を通りすぎようとして、俺は一瞬足を止める。

「温水《ぬくみず》さん、図書室がどうかしましたか？」

隣を歩いていた朝雲《あさぐも》さんが不思議そうにオデコを光らせる。

「ああ、いやなんでもない。それより早く園芸部に行こう。校舎裏って確かこの先……」

廊下をまっすぐ進もうとすると、朝雲さんが俺の腕をつかんでくる。

「そっちは手洗い場しかありませんよ。はい、こっちです」

朝雲さんに引っ張られながら、当時のことを思い返す。

——佳樹がツワブキに憧れている。

それを知ったのは中３のとき、ちょうどこの場所だ。

もし自分が他の学校に進んだら、佳樹がツワブキをあきらめて追いかけてくる——。

そう思って、無理してツワブキを目指したのだ。

……ひょっとして、ただのうぬぼれになるかもしれないな。

ふとよぎったそんな考えに、俺は慌てて首を横に振る。

佳樹に好きな男なんてまだ早い。

園芸部はこの先だ。

俺は足を速めると、朝雲《あさぐも》さんを追い抜いて先を急いだ――。

Special Short Stories

TOO MANY LOSING HEROINES!

6巻 Short Story of Vol.6

ショートストーリー

AMAMORI TAKIBI presents

Illust. by IMIGIMURU

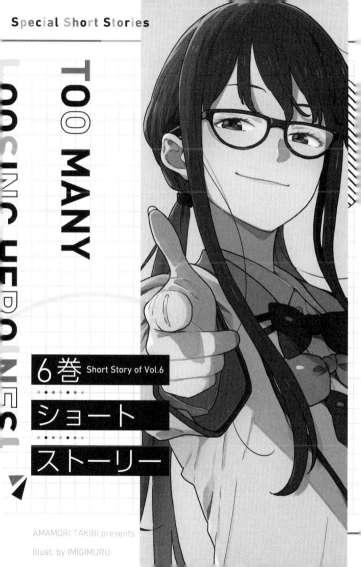

素敵な思い出、しまいます

メロンブックス特典SS

放課後の部室。ホワイトデーのお茶会を終え、小鞠《こまり》が席を立った。

「じゃ、じゃあ私、帰るから。ぬ、温水《ぬくみず》、ちゃんと焼塩《やきしお》のウチまで、お使いするんだぞ」

「ああ、任せろ。俺はいざとなったらヤル男だ」

小鞠は俺の強がりトークを見抜いたのか、鼻で笑うとそのまま部室を出ていく。

……だって一人で女子の家に行くって、ハードル高いんだぞ。

一人でいじけていると、丸いクッキー缶を抱えた八奈見《やなみ》が、中を見つめながらポツリと呟《つぶや》く。

「……なくなった」

「全部食べたの？　マジで？」

このクッキー缶、直径30センチくらいあるぞ。

さすがに引いてる俺に、八奈見が抗議の視線を向けてくる。

「いやいや、このクッキー缶が上げ底だったの。ひどくない？」

「上げ底といっても限度があるだろ……？」

八奈見の訴えによると、缶の中身は上下2段に仕切られていて、本来は下の段にもクッキーが詰まっているらしい。

ところが、上段を平らげた八奈見が仕切りを取ると、下半分が空だったとのことだ。

「これってメーカーに苦情入れたらいいのかな。それともナントカ大臣とか」

やめなさい。大臣だって暇じゃないんだぞ。

空のクッキー缶を調べていた俺は、あることに気付いた。

「下の段、本当に最初から空だったのか？　クッキーのカケラが溜まってるんだけど」

「工場の人が食べちゃったんだよ。下の段はチョコ味だから楽しみに——」

言いかけた八奈見が首をかしげる。

「そういや昨日の晩、チョコ味のクッキー食べる夢見たっけ……正夢？」

犯人、早くも見つかった。そして正夢はそんなシステムじゃない。

「つまり、寝ぼけて食べちゃっただけじゃないのか？」

「そんな気がする。ならいいか」

ならいいのか。

反省の一つもするかと思いきや、八奈見はホッとした顔で空になった缶を手に取る。

「お菓子の缶って、綺麗《きれい》だし捨てるのもったいないよね。子供の頃、小物入れにしなかった？」

「そういやしてたな。俺も子供の頃に、集めた使用済み切手とか入れてたよ」

「切手集めてどうするの？　食べるの？」

八奈見なら食えると思うが、あえては言うまい。

「切手収集はメジャーな趣味だって。父親が職場から、海外の使用済み切手を持ってきてくれたの宝物にしてたな」

「……うちの父さんだって、パチンコの余り玉でお菓子もらってきてくれたし」

八奈見《やなみ》よ、なんの話だ。

「えーと、俺の素敵な思い出とパチンコになんの関係が」

「パチンコのお菓子って、店じゃ売ってないやつが多いんだよ。ちっちゃな頃、そのパッケージを集めて、クッキーの缶に入れてたんだって」

「うん……そうか……」

「日本語じゃないやつも混じってたから、海外の切手集めるのと一緒でしょ？」

「うん……だよな……うん……」

ただそう答えるしかない。そんな優しい俺を、なぜか八奈見はジト目で見てくる。

「……なんか可哀《かわい》そうな人を見る目してない？」

「してないぞ。ほら、ポケットに飴《あめ》が入ってたから食べないか」

「温水《ぬくみず》君、私には食べ物あげとけば済むとか思ってない？　気のせい？」

いや、思ってる。

思ってるが口には出さずに飴を出すと、八奈見は不機嫌そうに受け取って――。

「パインのやつじゃん！　これにヒモ通してネックレス作ったりしなかった？」

いや、作らなかった。

作らなかったが、八奈見が嬉しそうならそれでいい。楽なので。

嬉しそうに飴を口に放りこむ八奈見を見ながら、俺は考える。

いつかこんな日々も素敵な思い出に——なるのかな……なればいいな、と。

アニメイト特典ＳＳ

焼塩夕子《やきしおゆうこ》（３〇才）のアンニュイな日曜日

ある晴れた日曜日の朝。

専業主婦、焼塩夕子は台所で洗い物をしていた。

テレビから流れる情報番組では、芸能人がどこかの朝市を取材している。

……ふと、皿を洗う手が止まる。

休日だというのに、夫は朝食をとるなり職場に向かった。

「お母さん。私、図書館に行ってくるね」

「はい、いってらっしゃい。車には気を付けるのよ」

今度中学に上がる下の娘も朝からお出かけだ。

きっかり正午に昼食をとりに戻ってきて、再び出かけるに違いない。

現状に不満があるわけではない。

夫婦仲は良好だし、二人の娘も健《すこ》やかに育っている。

ただ最近、単調な日々に飽いている自分に気付き始め――。

「ねえ、ママ！　どうしよう、お出かけする服がないの！」

リビングに突然飛び込んできたのは、上の娘の檸檬《れもん》。

檸檬はパーカーにデニムのシンプルな服装だ。

「あら、その格好素敵じゃない。似合ってるわよ」

「違うんだって。もうちょい女の子らしいカッコしたくて――そうだ、ナギの服借りよっかな！」

「待ちなさい、さすがに小学生の洋服は無理よ。お母さんと一緒に買い物行く？」

「それじゃ間に合わないよ。これからデート……」

言いかけて慌てて口を閉じる檸檬。

……高校生の娘がデートに出かけようとしている。

その新鮮な反応を見て、夕子の胸が高鳴った。

遠くに残してきた甘酸っぱい感情が、自分の娘の中で息づいている。

「そっか。じゃあ目いっぱい可愛《かわい》い格好していかないとね」

「デートといってもそんなんじゃないし！　ええと、ただの友達なんだけど、ちょっと事情があってね！」

「うんうん、分かる分かる。ママも檸檬と同じくらいの頃に――」

「なにがあったの？」

「………………」

娘の質問に、夕子は無言でニコリと微笑《ほほえ》む。

「じゃあママのお洋服、貸してあげる。こっちにいらっしゃい」

「ねえママ、昔なにがあったの？」

「……………」

「ねえ、ママー」

大人は時に沈黙を友にする。

夕子《ゆうこ》は黙ったまま娘を部屋に連れていくと、クローゼットを開け放った。

「そうね、2月だけど今日は暖かいから、少しは春を感じるコーディネートがいいかな。これを着てみなさい」

夕子がミニスカートと長袖《そで》のニットを差し出すと、檸檬《れもん》は驚いた顔でそれを受け取る。

「ママ、こんな服持ってたんだ。着てたの見たことないけど」

「……そうね。檸檬の前では着たことなかったかも」

檸檬はクローゼットに掛かった服を眺める。

「ふうん、ママってヘソ出しの服なんて着るんだ。あれ、これってなにが入ってるの？」

檸檬がクローゼットの奥に置かれた箱に手を伸ばす。

と、素早くその手をつかむ夕子。

「なんでもないの。ほら、サイズが合うか確かめないと」

「え、でもその箱」

「檸檬——なんでもないのよ。なんでも」

夕子の笑顔にたじろぐ檸檬。
檸檬もなにかを感じたのか、素直に頷《うなず》く。
親子の間といえども——触れてはいけないものがある。
そんな焼塩《やきしお》家の日曜日。

事情は忖度《そんたく》いたします

ゲーマーズ特典SS

温水和彦《ぬくみずかずひこ》強化合宿の夜。

放虎原《ほうこばる》ひばりの自室に、寝間《ねま》着《き》姿の馬剃天愛星《ばそりていあら》と志喜屋夢子《しきやゆめこ》の姿があった。

「……志喜屋先輩、これはどういうことですか」

尋ねた天愛星の前には、ベッドが一つと布団が一組。

この部屋では会長も含めた3人で寝るはずだ。

「今日は人が……多い……布団……足りない……」

「布団は一組でも、枕は二つあるんですね」

「腕枕……してくれるの……？」

「しません――って、私と一緒の布団で寝る気ですか?!」

思わずツッコむ天愛星の視界に、志喜屋の大きく開いた胸元が飛び込んでくる。

慌てて目を逸《そ》らす天愛星に、志喜屋がしなだれかかってくる。

「だって……夜は冷えるよ……？」

「じゃあ服を着てくれますかっ?!」

「着てるよ……？　ちなみにこの下は……こうなって……」

「見せなくていいですから！　どうぞこの布団は先輩がお使いください。私は他の部屋を使わせて頂きます」

天愛星は枕を胸に抱いて、部屋の引き戸を開ける。

と、そこには布団を抱えた放虎原の姿が。

「待たせたな。もう一組、布団を持ってきたぞ」

「え、布団の数が足りないのでは……？」

「まさか、我が家には野球チームが泊まれるほどの布団がある。心配の必要はないぞ」

布団を床に置きながら、なぜかドヤ顔の放虎原。

天愛星はジト目で志喜屋を見る。

「志喜屋先輩……布団が足りないんじゃなかったんですか」

「だって……一人じゃ……さみしい……」

二人の姿を見ていた放虎原は合点がいったのか、大きく頷《うなず》く。

「ああそうか、野暮《やぼ》をしたな」

「……はい？　会長、どういう意味ですか」

「みなまで言うな。君たちは——そういう仲だったな」

「違いますけどっ?!」

「大丈夫、君たちの嗜好《しこう》は尊重しよう。私は他の部屋で寝るから、ベッドも布団も自由に使ってくれて構わない」

「使いませんけどっ⁈　いやその、寝るのには使いますけど！」

「天愛星《ていあら》ちゃん……厚意に甘えよう……？」

「甘えませんよっ⁈」

「馬剃《ばそり》君、遠慮することはない。私は両親の部屋で寝るから、ゆっくりしてくれ」

「ありがと……今夜は……長くなる……」

「なりません！　私は他の部屋で寝ますのでお気になさらず！」

布団を抱えようとする天愛星。放虎原《ほうこばる》はそれを手で制する。

「とはいっても、他の部屋はろくに掃除もしていないぞ。居間は人の出入りがあるし、客間は弘人《ひろと》たちが使っているから……」

考え込む放虎原に向かって、天愛星が意を決したように向き直る。

「でっ、では私は温水《ぬくみず》さんと桜井《さくらい》君の部屋で！」

一瞬、時が止まる。

「君は年頃の女子だ。男子と同じ部屋というわけにはいかないだろう」

「いえ、あの二人は放っておくと、その……大変なコトになるかと！」

「ほう、大変なコトとはなんだ？」

「へっ⁈　そ、それは、あの」

「馬剃君、大変なコト……とは？」

言葉に詰まる天愛星の肩に、志喜屋《しきや》の細い腕が回る。

「じゃあ私が……教えてあげる……」

「へっ?! 私は教えていただかなくても――」

不思議そうな表情のまま、放虎原が重々しく頷《うなず》く。

「よく分からんが、志喜屋は詳しそうだな。悪いが頼まれてくれるか」

「うん……私……得意だから……そこで見てて……？」

「はいっ!? 会長が見ている前で――えっ……えっ?!」

志喜屋は腕を伸ばすと、蛍光灯のヒモを引く。

パチンと音がして、部屋が常夜灯《じょうやとう》の淡い光に包まれた――。

精文館《せいぶんかん》書店特典SS

健全&健康です

精文館書店本店3階のコミック売り場。

俺は新刊売り場の前で、大きく深呼吸をした。

そう、ついに発売日をむかえた『踏まれて始まるラブストーリー　～生足限定特装版～』が目の前で平積みにされているのだ。

タイトルで誤解しないで欲しいのだが、これは健全な純愛モノなのだ。信じて欲しい。成人マークだってついてない。

さて、周りに人がいないうちに買わないと。俺は手を伸ばして――。

「お兄様、買い物ですか？」

「っ！」

慌てて隣の漫画をつかんだ。

「佳樹《かじゅ》っ?!　なんでここに」

「参考書を探しにきたついでです。お兄様、その本は……」

佳樹が俺の手元をのぞきこむ。

「えっ、いやこれは純愛――」

「純愛？」

俺が手に取った漫画のタイトルは『漫画でヤセる！　読むだけダイエット』。

……なんだこれ。

佳樹が困惑気味に首をかしげる。

「お兄様にダイエットの必要はないと思いますが」

「えっと、その……友達にプレゼントしようかなって」

「はあ、ヤセるにはバランスのよい食事と運動が一番かと」

俺もそう思うが、文芸部にはその理屈が通用しないモンスターがいるんだぞ。

でも、これを八奈見《やなみ》に与えたら、夏休みの自由研究くらいになるのではなかろうか……。

俺がダイエット漫画を買おうか迷っていると、

「八奈見さん、喜んでくれるといいですね」

「ああ、あいつのダイエット周期を計算すれば、絶対食いついてくるはずだから――」

俺は思わず佳樹の顔を見る。

「なんで八奈見さんだって分かった？」

「女の勘です」

そうなのか。女の勘、すごい。

「……もし八奈見さんのダイエットに協力するのなら、佳樹がお食事の管理をしましょうか？」

「へ？　佳樹《かじゅ》があいつに料理を作るのか？」

コクリと頷《うなず》く佳樹。

「はい。カロリー、味、栄養――そしてなにより、量や食べごたえにこだわったスペシャルメニューを毎日三食用意します」

「いやそこまでしなくても」

佳樹は首を横に振る。

「いいですか、お兄様。このダイエットが成功すれば」

「……すれば？」

佳樹は声をひそめると、俺にだけ聞こえるように言葉を続ける。

「八奈見《やなみ》さんは――お兄様なしではいられない身体《からだ》になるはずです」

「言い方」

つまり……佳樹の料理なしでは食欲と体型を維持できなくすれば、八奈見は温水《ぬくみず》家から離れられなくなる。

異性を落とすには胃袋をつかめと言うが、それのもう少し邪悪なバージョンか。

ははあ……八奈見が……ずっと俺たちの周辺に……ずっと……。

俺はソッと本を棚に戻す。

「お兄様、ダイエットの漫画は買わないいんですか？」

「ああ、ちょっとな。今日はもう帰ろうか」

「はい。じゃあ、こちらをどうぞ」

佳樹は『踏まれて始まるラブストーリー　～生足限定特装版～』を俺に差しだしてくる。

「へっ?!　いや、その俺はそんなもの興味は――」

「あら、ここ最近毎日のようにこの本を検索なさってましたよね。手帳の購入予定リストにも載ってましたし」

佳樹は本の表紙をジッと見つめると、ニコリと微笑《ほほえ》む。

「佳樹……がんばりますね」

あきらめてダメになりましょう　三洋堂書店特典SS

名古屋の親戚宅で暇を持て余した俺は、散歩がてら書店めぐりをしていた。

本日3店目は、名鉄神宮前駅から徒歩10分。三洋堂書店、新開橋《しんかいばし》店だ。

ここは売り場が3フロアある大型書店で、書籍の他にゲームや雑貨なども充実している。

「ここ、住みたいな……」

俺はトレカコーナーのガラスケースの前で思わず呟《つぶや》く。

美少女キャラのカードの値段を数えていると、背後から声がかけられた。

「温水《ぬくみず》君、ここにいたんだ」

振り向くと、そこにいたのは文芸部3年生、月之木古都《つきのきこと》。

軽く挨拶《あいさつ》を交わすと、俺の隣に並ぶ。

「今週末、温水君が名古屋にいるって思いだしてさ。呼び出して悪かったね」

「どうせ書店めぐりする予定でしたから。先輩こそ、どうして名古屋にいたんです」

「私は大学入試の会場下見よ。温水君ってカードゲームやるの？」

先輩は興味深そうにガラスケースをのぞきこむ。

「子供の頃、スターターキットを買ってもらったことがあります。友達いなかったんで、プレイはしたことないですけど」

「………」

マズイ、なんか一気にしんみりしたぞ。

月之木先輩が慌てて明るい声をだす。

「ええと、私も推しのカードに手を出してみようかな。ソシャゲはやってるけど、実物を手元に置くって別なのよね」

「ああ、分かります――って、ソシャゲやってて受験勉強は大丈夫なんですか？」

「反対に聞くわ。そんなことしてるヤツが大丈夫だと思う？」

思わない。

再び俺たちに沈黙が降りかかる。

「……まあ受験はどうにかなるわよ。合格確率１０％でも、１０回受ければどこか受かるんじゃないかしら」

「あれって同じ成績の人を集めたら、そのうちの１０％は受かるって意味じゃないですっけ。十人に一人の成績取る自信はありますか？」

「私が何人いても勝てそうじゃない？　大したことないわよ」

なるほど、そういう考え方もあるのか。

でもここにいる月之木先輩は、負ける側の一人じゃないかな……。

「じゃあパーッと遊びますか。ソシャゲもカードも思う存分プレイしましょう。うん、それがいい」

「……待って温水《ぬくみず》君、いま私をあきらめなかった？」

「大丈夫です、人生は長いですから。いっそのこと俺たちと一緒に卒業するのもいいかもしれませんよ」

しばらく黙っていた月之木《つきのき》先輩は、真面目な声でポツリと呟《つぶや》く。

「……ここ、参考書も売ってたかしら」

「3階ですね。一緒に行きましょうか」

人生は長い。だけどこの瞬間は今しかない。

トレカを買うのも、勉強をするのも……今しかできないことなのだ。

※今回のお店：三洋堂書店　新開橋《しんかいばし》店
書籍だけではなく、ゲームやトレカ、レンタルも取り扱っている大型店舗。

我々の物欲をこれでもかとくすぐってくれる娯楽《ごらく》の殿堂《でんどう》。立体駐車場も完備。

AMAMORI TAKIBI

PRESENTS

ILLUST. BY IMIGIMURU

Special Short Stories

BOOKWALKER特典SS

嘘《うそ》つきさんは誰ですか？

文芸部部長の朝は早い。

あくびをしながらカーテンを開けると、明るい陽の光が部屋に差しこむ。

春休みも後半戦だ。

壁のカレンダーをめくっていると、勢いよく部屋の扉が開く。

「お兄様、大変です！」

言いながら部屋に入ってきたのは妹の佳樹《かじゅ》だ。

朝だというのに、黒を基調とした膝上《ひざうえ》のワンピースでバッチリ決めている。

「大変ってなにが――」

言い終わるより早く、俺の胸に飛び込んでくる佳樹。

「実は佳樹とお兄様は血が繋がっていないんです！」

……へ？　なんだそれ。

反応に困っていると、佳樹は輝く瞳で見上げてくる。

「だから今すぐお兄様のお嫁さんになっても問題がありません！」

「そうか、少なくとも18になるまで待たなきゃだな。はい、お兄ちゃんは着替えるから離れようか」

俺は佳樹を引きはがすと、ベッドにポスンと座らせる。

「今日は学校に出かけるから、昼ご飯はいらないぞ」

「はい、お兄様。それで佳樹は18歳になってから、お嫁さんになればいいんですね？」

……その話、まだ続いていたのか。

俺はワイシャツを着ながらカレンダーの日付を見る。

「えーと、今日は4月1日だよな」

「えへへ、バレちゃいましたか。はい、エイプリルフールです」

テへ、と可愛《かわい》らしく舌を出す佳樹。

まったく、そろそろ中3になるのに子供っぽいやつだ。

「お兄ちゃんが騙《だま》されたら、どうするつもりだったんだ？」

「その時は佳樹も一緒にだまされちゃいます」

「それじゃグダグダになるだろ……」

俺がクローゼットからネクタイを取りだすと、佳樹が立ち上がって手早く結んでくる。

胸の前で揺れる佳樹の黒髪を見ながら、俺はあることに気付く。

佳樹《かじゅ》が着てる服、こないだ小鞠《こまり》に着せてた服だな……。

「どこかにお出かけするのか？　ずいぶんおしゃれしてるけど」

ピタリ。

ネクタイを結ぶ手が止まる。

「どうした？」

「……これは佳樹の勝負服ですから」

そう言って、キュッと強くネクタイを締める佳樹。苦しい。

佳樹は俺から離れると、クルリと一回転する。

「どうですか？　お兄様」

「ああ、可愛《かわい》いぞ。よく似合ってる」

「えへへ、嬉しいです。今日の朝ご飯はフレンチトーストですよ」

スカートの裾《すそ》をひるがえし、部屋から出て行く佳樹。

……機嫌は良さそうだな。

さっき一瞬、ネクタイで絞め落とされそうになったのは——気のせいだよな。うん。

俺はネクタイをこっそりゆるめながら、佳樹の後を追って部屋を出た。

◇

ツワブキ高校文芸部の部室。

朝からここに来たのには理由がある。

昨夜、豊橋《とよはし》を去ったばかりの月之木《つきのき》先輩から連絡があったのだ。

新歓《しんかん》のすべてを部室に置いてきた——と。


あの人のことだから話半分に聞いてはいるが、無視するわけにはいかない。

なにしろ新2年生だけの文芸部には、新歓の経験者がいないのだ。

部室の扉を開くと、そこには一足先に来ていた八奈見《やなみ》の姿。

「八奈見さん、おはよう」

俺のあいさつに、八奈見は無言でコクリと頷《うなず》く。

別に不機嫌なわけではない。

なんか知らんが、デカいスルメにかじりついているのだ。

八奈見はブチリとスルメの耳を噛《か》みちぎる。

「ふう……やっぱスルメは固くていいね。ダイエットにピッタリだよ」

「こないだからニボシや昆布食べてたのは、やっぱダイエットなんだ」

八奈見《やなみ》は得意げにニヤリと笑うと、指を3本立てる。

「この私、ダイエットの甲斐《かい》あって3kgの減量に成功しました！」

「ああ、エイプリルフールだな。切れのあるいい嘘《うそ》だ」

「本当ですけど?! エイプリルフールの嘘は、甘夏《あまなつ》ちゃんに彼氏ができたってやつだから！」

それにはダマされないぞ。だって甘夏先生だし。

俺は椅子《いす》に座ると、スマホをとりだす。

「それより月之木《つきのき》先輩からのメッセは読んだだろ。新歓のノウハウをまとめた資料を部室に隠したって」

「読んだけど、そんなのどこにあるんだろ」

「どこって――」

俺と八奈見は部室をグルリと見回す。

大量の本とガラクタが積まれた部室を、すみずみまで探す気力があるはずもない。

無気力な二人が黙っていると、音をたてて部室の扉が開いた。

部室に飛び込んできたのは焼塩檸檬《やきしおれもん》。

焼塩は部屋に入るなり、元気な声を張りあげる。

「ねえ、聞いた？ 甘夏ちゃんが電撃結婚！ 相手は弁護士でお医者さんなんだって！」

それはあまりに盛りすぎだ。

反応のない俺たちの様子を見て、焼塩がコトンと首をかしげる。

「あれ、エイプリルフールだってバレてる？」

コクリと頷《うなず》く俺と八奈見。

「結構、いい線いってると思ったのになー」

「それより、新歓の資料のこと聞いただろ。思い当たる場所はあるか？」

焼塩は不思議そうな顔で腕まくりをする。

「ないけど、部室の荷物全部ひっくり返せばいいじゃん。さ、やろうか！」

それが嫌だから、俺たちはグダグダしているのである。

どうやってごまかそうか迷っていると、開きっぱなしの扉の向こうに、小柄な女生徒――小鞠《こまり》が立っている。

彼女はオドオドと部室に入ってくると、指をこねくり回している。

「どうした小鞠」

「え、えと、彼氏、できた」

ふっ、悪いがお前で3人目だぞ。

甘夏先生に彼氏ができるなんて絵空事《えそらごと》、そうそう信じるはずが――。

「……わ、私に」

っ?!　彼氏だと?!　小鞠に?!

思わず立ち上がる俺を押しのけ、焼塩《やきしお》が身を乗りだす。

「おめでとー！　相手は誰?!」

「え、えと、その――」

焼塩の勢いに飲まれる小鞠《こまり》に、反対側から八奈見《やなみ》が詰め寄る。

「えっ、それホント小鞠ちゃー――小鞠さん！」

なぜ敬語。

いやそれより、まさか小鞠に彼氏だと……？

意外とショックを受けている自分に驚くが、これは先を越されたせいに違いない。

とはいえ、部長として祝福せねばなるまい……。

俺は気を取り直すと、小鞠に決め顔で向き直る。

「小鞠、なんか知らんがおめでとう。俺たちの分も幸せになってくれ」

「……し、死ね！」

なぜ罵倒《ばとう》。

小鞠は顔を真っ赤にしながら睨《にら》んでくる。

「エ、エイプリルフール！　だから！」

……へ？　ああ、そうか。

小鞠に彼氏という衝撃情報に、色々頭から吹っ飛んでいたぞ。

「あー、だまされたー」

「やるねー、小鞠さん――小鞠ちゃん」

口々に呟《つぶや》きながら椅子《いす》に座る焼塩と八奈見。

小鞠も呪詛《じゅそ》を呟きながら椅子に座る。俺、なにかしたっけ。

「えーと、みんながそろったところで改めて。月之木《つきのき》先輩の置き土産《みやげ》のことだけど」

「本人にどこにあるか聞けばいいじゃん」

八奈見がもっともなことを言う。

「それが、質問しても返事がないんだって」

「それって温水《ぬくみず》君、ブロックされてるんじゃない？」

え、嘘《うそ》。俺いつの間にか嫌われてた……？

慌ててスマホをいじっていると、小鞠がソロリと手を上げる。

「え、えと、部室に４人そろったら、連絡しろって先輩に言われてる……」

焼塩が小鞠の側に椅子を寄せる。

「で、連絡したの？」

「う、うん。返事があった。テ、テーブルの真ん中に、あるって」

……真ん中？

俺たち４人の視線の先、テーブルの上には何も置かれていない。

強《し》いていえば食べかけのスルメがあるだけだ。

「これはあれだね。スルメを焼いて、匂いで新入生を呼び寄せるんだよ」

八奈見《やなみ》がドヤ顔で宣言する。

絶対違うし、寄ってくるのは八奈見みたいなヤツだけだぞ。

じゃあ『テーブルの真ん中』ってどういう意味だ？。

「……ひょっとして」

俺はしゃがみ込むと、テーブルの裏をのぞきこむ。

と、天板の裏側に紙袋が貼りつけられている。

「えーと、裏にこれがあったけど……」

古びた紙袋には、表面にボロボロのお札《ふだ》が何枚も貼ってある。

禍々《まがまが》しい雰囲気に怖気《おじけ》づいていると、３人娘が俺をジッと見つめてくる。

「……………え、なに？」

「温水《ぬくみず》君、開けてよ。部長でしょ」

「ぬっくん部長、頼んだよ」

「あ、開けろ、部長」

こいつら、こんな時ばかり俺を部長扱いしやがって。呪《のろ》われたら呪ってやるぞ。

恐る恐る紙袋を開けると、中には手作り感のある薄い本が入っていた。

「……？」

袋と違って、本はやけに新しい。

取り出して表紙を見ると、そこにはタイトルと作者名が。

『ぬるま湯が沸《わ》き立つ夜　～久遠《くおん》ウサギ』

ん？　このペンネームは確か小鞠《こまり》の――。

「うなぁっ?!」

ガタタッ！　ダイビングしてきた小鞠が、本を奪いとる。

こいつ、こんな素早い動きができたのか。

「小鞠、その本は」

「な、ななな、なんでもっ！　ないっ！」

なんでもないにしちゃ、やけにオーバーリアクションだな。さては――。

「ははあ、小鞠と月之木《つきのき》先輩が組んでサプライズを仕掛けたんだろ？」

俺の言葉に、八奈見がポンと手を叩く。

「ああ、なるほど。あの人、そういうの好きそうだもんね」

「面白そうじゃん。小鞠ちゃん、その本なにが書いてあるの？」

焼塩《やきしお》がストレッチをしながら立ち上がる。

小鞠《こまり》はフルフルと震えながら、部室の隅に逃げこんだ――。

◇

名古屋市のマンションの一室。

段ボールを開封していた月之木古都《つきのきこと》は、チラリと壁の時計を見上げた。

「……あの子たち、そろそろ見つけたかな」

しばらく古巣《ふるす》に思いを馳《は》せていた古都に、キッチンから声がかけられる。

「おーい、古都。食器は棚に並べちゃっていいのか？」

皿を片手に顔を出したのは玉木慎太郎《たまきしんたろう》。

一向に進まない古都の荷物整理を手伝いにきたのだ。

「うん、お願い。とりあえずしまっちゃって」

古都は段ボールの中身を取り出そうとして、再び手をとめる。

それを見た玉木が、不思議そうな顔をする。

「どうした？　なにか忘れ物でもあったのか」

「いえね、私が作った本を、部室でみんなが読んでる頃かなって」

「本を作った？」

「ええ、小鞠ちゃんが書いた温水君《ぬくみず》の総受け小説を、冊子《さっし》にまとめたの」

「っ!?　お前――」

言いかけた玉木に向かって、悪戯《いたずら》っぽい笑みを浮かべる古都。

「と、見せかけて、中身は新歓のノウハウをまとめたやつ。役に立つといいけど」

「……なんでそんな回りくどいこと」

呆《あき》れる玉木に、古都は軽く肩をすくめる。

「エイプリルフールだしね。少しだけ――嘘《うそ》がホントになってもいいかなって」

古都は段ボールから取り出した部誌を見つめると、その表面をそっと撫《な》でた――。

夏のエモは朝が早い

ガガガサマーフェアＳＳ

ある夏の日の放課後。俺は文芸部の部室で、ゆったりと文庫本をめくっていた。

夕方の風が心地良く頬《ほお》を撫《な》でる。

俺はよく冷えた炭酸水を一口飲むと、再び読書に――。

「……ねえ、温水《ぬくみず》君。暑いし、暇《ひま》なんだけど」

至高の読書タイムを邪魔してきたのは、同じく文芸部員の八奈見杏菜《やなみあんな》。

部室には八奈見と二人きり。俺は仕方なく本を閉じる。

「暇なのはともかく、暑いのはカップ麺を食べてるからじゃないか」

「暑いときに汗をかくと痩《や》せるんだって。カロリーを消費してプラマイ０になるんだよ」

ならないぞ。

八奈見はスープまで飲み干すと、空の容器を机に置く。

「それにさ、夏なんだし夏らしいことしたくない？」

「友達でも遊びに誘えばいいじゃん。ほら、教室でよく話してる女子とか」

「ごっちんとネギちゃんのこと？　あの子らはダメだよ。彼氏作ってラブラブだよ。けしからんよ」

八奈見は暗い目をしながら天井を見上げる。

「……清い私は男子といちゃついたりしません。せっかくの夏だしエモを探しに行こうよ」

「エモっていっても——」

「じゃあセミでも捕りいこうよ！」

いきなり部室の窓から部室に入ってきたのは陸上部との兼部部員、焼塩檸檬《やきしおれもん》。

「セミかぁ。それ、クワガタにならないか？」

「なるなる！　じゃあ明日5時集合ね！」

5時集合は少し早いが、クワガタなら仕方ない。

俺が頷《うなず》くと、八奈見が勢いよく立ち上がる。

「え、ちょっと待って!?　なんで虫捕りの話になってるの？　エモは？」

「クワガタって割とエモだろ。問題ない」

俺の言葉に焼塩も大きく頷く。

「だよね。小鞠《こまり》ちゃんもそれでいい？」

突然名前が出てきた第4の文芸部員——小鞠知花《ちか》。焼塩の視線を追うと、本棚の影で体育座りをしていた小鞠がコクリと頷く。いたのか。

「う、うちのチビスケ喜ぶから、クワガタ、欲しい」

満場一致だ。小鞠と焼塩が本棚から地図を取りだす。

「マジで……？　クワガタがエモいなんてことある……？」

ブツブツ呟《つぶや》きながらスマホをつつく八奈見《やなみ》。

やれやれ、まだ八奈見にはクワガタは早すぎたか。

「八奈見さんは無理しなくても——」

「私も行く！」

八奈見はスマホを机に投げ捨てると、焼塩《やきしお》と小鞠《こまり》の間に飛びこんだ。

どうして急に乗り気に……？

ふと見ると、八奈見のスマホの画面には『オオクワガタ買い取ります』の文字。

……謎は解けた。八奈見が俺を手招きする。

「さあ、温水《ぬくみず》君もこっちおいで！」

俺は苦笑いをしながら、三人娘の輪に加わった——。

AMAMORI TAKIBI

PRESENTS

ILLUST. BY IMIGIMURU

この良き日に祝福を

メロンノベル祭り2023夏

ある晴れた週末。

俺は妹の佳樹《かじゅ》に誘われるまま、市電とバスを乗り継いでどこかに向かっていた。

たずねても「サプライズです、お兄様」と、はぐらかされてしまうのだ。

車窓《しゃそう》には見覚えのない風景。寄り添《そ》って座る佳樹からは鼻歌が聞こえてきて——。

穏《おだ》やかな時間に不満はないが、さすがに不安が大きくなってきた。

「なあ佳樹、そろそろ教えてくれないか。どこに何しにいくんだ?」

上機嫌に身体《からだ》を揺らしていた佳樹は、ニコリと俺を見上げる。

「はい、お兄様と式をあげようと思って」

式……?　一般的に式をあげるといえば、結婚式のことだろう。

だが俺と佳樹は実の兄妹である。結婚式の可能性は一番に排除《はいじょ》されるはずだ。

「えーと、式ってなんの式だ」

「はい!　もちろん結婚式です!」

……排除されていなかった。

さて、どう言って説明しよう。

佳樹はもう中学生。いくらお兄ちゃんっ子といえども『大きくなったらお兄ちゃんのお嫁さんになる！』的な発言は実現しないことをそろそろ教えるべきか。

「佳樹、落ち着いて聞いてくれ。俺と佳樹は法律で結婚できないと決まってるんだ。佳樹にもいつか素敵な人が見つかるから、できれば25歳ごろからお付き合いを始めて、3年間の交際期間を経て両親にあいさつを──」

俺たちの人生計画について熱弁していると、佳樹がクスクスと笑いだす。

「佳樹とお兄様は未成年ですし、結婚ができないことは分かってますよ」

うん、ちゃんと分かってるならいいんだ。

そう、未成年は結婚できない。もっと大事なことがある気もするが、少なくとも佳樹の言うことは間違っていない。

「じゃあ、結婚式をあげるってどういうことだ？」

俺の当然の疑問に、佳樹はバッグから一枚のチラシを取り出した。

新しくできたガーデンウェディングの結婚式場の広告だ。

見れば、豊橋《とよはし》市の学生を対象とした『ナイスカップルコンテスト』の募集をしている。

「えーと、このコンテストはなんなんだ」

「はい、入賞するとタキシードと花嫁衣裳を着せてくれて、模擬挙式《もぎきょしき》と写真撮影をしてくれるんです。とても素敵だと思いませんか？」

なるほど、とても素敵な企画だ。カップルで参加する分には、だが。

「うん、いいと思うな。だけど俺と佳樹《かじゅ》は兄妹だろ？　コンテストの参加資格はないんじゃないかな」

「安心してください。ちゃんと問い合わせて、許可をとってます」

そうか、事前に確認してて感心だ。えーと、次はどう言おうかな……。

「とはいえ、本物のカップルにまじって入賞は無理だろ。ほら、お兄ちゃんと美味《おい》しいカヌレでも食べに行かないか？」

「ご安心ください。審査は写真とビデオ審査だったので、すでに入賞しています」

あ、そうなんだ。いつの間に応募してたのかな……ビデオも覚えがないんだけど……。

脳内で次の説得材料を探していると、佳樹がバスの降車ボタンを押した。

佳樹がきらめく笑顔を向けてくる。

「さあお兄様、最高の式にしましょうね！」

◇

式場はバス停からほど近い場所にあった。

白く高い壁に囲まれていて、開け放たれた豪奢《ごうしゃ》な門扉の向こう側には、芝生《しばふ》に覆われた庭園が広がっている。

そして石畳の通路の奥には、庭園に面した箇所がガラス張りになった大きな洋館と、全面ガラス張りのチャペルがある。ガラス張り、好きすぎる。

気圧《けお》されて突っ立っていると、佳樹が腕を組んで歩きだす。

「さあお兄様、ベストカップル目指してがんばりましょう！」

「え、もう入賞してるんじゃないのか」

佳樹は夢見る瞳でチャペルを眺めながら足を進める。

「はい。入賞者は何組かいるので、投票でベストカップルが決まるんです」

「えーと、審査会とかある感じ？」

「といいますか、ホームページに写真が掲載されるので投票で決まります」

え、なにそれ聞いてないんだけど。全世界に向けて俺と佳樹のウエディングフォトが発信されるということ？　マジで？　法律に触れない？

佳樹に引かれるままに洋館の前にたどりつくと、他の入賞者なのか1組の男女がそこに立っていた。

と、男が俺を驚いた顔で見る。

「あれ、温水《ぬくみず》じゃん。お前も来てたのか？」

「え……ひょっとして袴田《はかまだ》？」

そう、そこにいたのは袴田草介《はかまだそうすけ》。

俺と同じ文芸部員で幼馴染《おさななじみ》の八奈見杏菜《やなみあんな》を振り、美人で性格のいい転校生と付き合い始めた熱血主人公系男子である。

「温水《ぬくみず》君?!」

その隣で驚いた顔をしているのは、姫宮華恋《ひめみやかれん》。

転校から2カ月で袴田と付き合い始めた、メインヒロイン系女子だ。

ちなみに八奈見と親友という設定だが、俺はまだ信じていない。

「あのー……その子は君の彼女さん?」

「いや、これは俺の——」

「はい、暫定《ざんてい》彼女の温水佳樹《かじゅ》です！　お兄様のこと、よろしくお願いしますね」

深く頭を下げる佳樹。

状況が理解できないのだろう。姫宮夫妻が視線を送ってくるが、俺はゆっくりと首を横に振る。そう——俺にもなにがなんだか分からないのだから。

◇

更衣室でタキシードに着替えながら、横目で袴田の様子をうかがう。

俺より高い背丈、長い足。モデルのような小顔で、もちろんイケメンだ。

俺の視線に気付いたのか、ネクタイを締《し》めながら袴田が話しかけてくる。

「なあ、さっきの温水の妹だよな」

「え、まあ……なんか妹が勝手に応募して……」

往年のアイドルみたいなことを言いながら、シャツのボタンを留める。

「兄妹で仲良いのはうらやましいよ。俺は姉貴がいるけど、憎まれ口ばっかりだぜ」

ふうん、そんなもんか。ラノベや漫画だと姉キャラって美味《おい》しいキャラなのに。

見様見真似《みようみまね》でネクタイを締めつつ部屋を見回すと、俺たちの他には誰もいない。

「入賞者って俺たちだけ？」

「撮影のタイミングがあるから、時間制で俺たちの後に入るらしいぞ」

「そうなんだ。ベストカップルに選ばれたいわけじゃないし、組数が多い方が助かるな」

「あれ、ベストカップル狙ってないのか。思い出になるじゃん」

「思い出なら、写真撮ってもらえるだけで充分だろ」

鏡をのぞきこみながら、袴田が言葉を続ける。

「知らないのか？　ベストカップルになったらポスターに写真が載って、テレビＣＭにも使われるらしいぞ」

「へ?!」

もし選ばれたら、実の兄妹が挙式している光景がお茶の間に……？

一瞬足がすくんだが、袴田《はかまだ》の姿を見て落ち着きを取り戻す。

袴田草介《そうすけ》と姫宮華恋《ひめみやかれん》——芸能人並みの美貌と華を持ち合わせた二人が、ベストカップルに選ばれるに決まっている。

だから街中にポスターが張られるのも、テレビで挙式の光景が流れるのもこの二人——。

…………待て。

それって、八奈見《やなみ》の目にも入るよな。

例えば八奈見家の家族団らんのひと時に、そのＣＭが流れたり——とか。

恐ろしい想像に固まっていると、袴田がバサリと上着を羽織る。

「温水《ぬくみず》も行こうぜ。そろそろ、花嫁の準備も終わったころだろ」

「お、おう……」

惨劇《さんげき》へのカウントダウンが進んでいく。

……いや待て。悲劇を防ぐ唯一の方法がある。

新郎対決なら俺は袴田に遠く及ばない。だが、新婦対決ならどうだろう。

我が妹ながら——佳樹《かじゅ》は可愛《かわい》い。

姫宮華恋の暴虐《ぼうぎゃく》的な胸の大きさや美貌《びぼう》に対抗できるのは、豊橋《とよはし》の３６万人超えの市民の中でも、佳樹の可憐さをおいて他にはないだろう。

決してシスコンではない俺が言うからには間違いない。

「……俺も狙うぞ、ベストカップル」

「お、やる気でたな。お互い頑張ろうぜ」

爽《さわ》やかに笑う袴田と並んでチャペルに入る。

そこには二人の花嫁が、白いウェディングドレス姿でブーケを持って微笑《ほほえ》んでいた。

胸元が強調された姫宮さんの豪奢《ごうしゃ》な花嫁姿は、陽の光を捉《とら》えてキラキラと輝いている。

それと対照的に、可憐《かれん》な佳樹の花嫁姿は、月見草のような控えめな美しさに包まれている。

俺の姿を見ると、佳樹が瞳を輝かせて駆け寄ってきた。

「お兄様、素敵です！　タキシードはこの日のために生みだされたに違いありません！」

「そうか、佳樹も良く似合ってるぞ」

俺の言葉に佳樹の瞳に涙が浮かぶ。

「佳樹は果報者《かほうもの》です。もう人生に思い残すことは――」

「いや、まだこれからだ。ベストカップル、とりにいくぞ」

「お兄様?!」

一瞬、驚きに目を見開いた佳樹は、大きく頷《うなず》いた。

「……分かりました、お兄様。佳樹、本気をだします」

「ああ、頼むぞ」

佳樹《かじゅ》が『本気』の笑顔を浮かべると、周囲の光を集めたかのように、キラキラと輝きが増していく。その光は姫宮《ひめみや》さんにも劣らない。

文芸部の平和を守るため、俺たち兄妹の戦いが始まった——。

AMAMORI TAKIBI

PRESENTS

ILLUST. BY IMIGIMURU

あとがき

皆様お久しぶりです。雨森《あまもり》たきびです。

ついにこれまでのSSが一冊の本になりました。

SSとは不思議なもので、書店さんやコラボ先の依頼があって、初めて生まれます。

そしてこれまで依頼を頂けたのは、本編やSSを楽しんでくれた読者のみなさまのおかげです。あらためて、3年間のお礼を申し上げます。

さて、今回のSSSには、1年生編にあたる6巻までに書かせてもらったSSが収録されています。

本編はマケインたちが送る青春の、特別な事件が起こった瞬間だけを切り取っていますが、今回収録されているSSは、特別ではない普通の日々にスポットライトを当てています。

ここでしか見られない温水《ぬくみず》&マケインズのプライベートが、ここにあります。

ちょっとだけ女の子の小鞠《こまり》、子供のように無邪気な焼塩《やきしお》、相変わらずご飯を美味《おい》しそうに食べる八奈見《やなみ》──。

登場人物たちは、物語の外でも普通に学校に通って、部活に行って、友達と遊んだり塾に行ったり。時には気になる人にドキドキしたり。

そんな普通の日々があるからこそ、なにか事件が起こった時に、温水君の周りに人が集まってくるのかもしれません。

この本が書店に並んでいるころには、アニメの放送が始まっているかと思います。

マケインイヤーの２０２４、これを読んでいる皆様も一緒に盛り上がっていきましょう！

ガガガ文庫11月刊

お兄様は、怪物《なぞ》を愛せる探偵ですか?3 ~沈む混沌と目覚める新月~

著／ツカサ
イラスト／千種《ちぐさ》みのり

混河家当主が、兄弟姉妹たちの誰かに殺された。当主の遺体には葉介が追い続けてきた“災厄”の被害者たちと同じ特徴があり——。ワケあり【兄×妹】バディが挑む新感覚ミステリ、堂々の完結巻！

ISBN978-4-09-453216-6 (ガつ2-28)　定価814円(税込)

シスターと触手2 邪眼の聖女と不適切な魔女

著／川岸殴魚《かわぎしおうぎょ》
イラスト／七原冬雪《ななはらふゆき》

シスター・ソフィアの次なる邪教布教の秘策は、第三王女カリーナの勧誘作戦！ しかし、またしてもシオンの触手が大暴走。任務に同行していた王女をうっかり剝いてしまって、邪教は過去最大の存亡の危機に!?

ISBN978-4-09-453217-3 (ガか5-36)　定価814円(税込)

純情ギャルと不器用マッチョの恋は焦れったい2

著／秀章《ひであき》
イラスト／しんいし智歩《ちほ》

ダイエット計画を完遂し、心の距離が近づいた須田と犬浦。だが、油断した彼女はリバウンドしてしまう。嘆く犬浦は、再び須田とダイエットを開始。一方で、文化祭、そしてクリスマスが迫っていた……。

ISBN978-4-09-453219-7 (ガひ3-9)　定価792円(税込)

ドスケベ催眠術師の子3

著／桂嶋《けいしま》エイダ
イラスト／浜弓場《はまゆみば》 双《そう》

「初めまして、佐治沙慈のおにーさん。私はセオリ。片桐瀬織」夏休み。突如サジの前に現れたのは、片桐真友の妹。そして——「職業は、透明人間をしています」。誰にも認識されない少女との、淡い一夏が幕を開ける。

ISBN978-4-09-453214-2 (ガけ1-3)　定価858円(税込)

魔王都市3 -不滅なる者たちと崩落の宴-

著／ロケット商会《しょうかい》
イラスト／ Ryota《リョータ》-H《エイチ》

偽造聖剣密造の容疑で地下監獄に投獄されてしまったキード。一方、地上では僭主七王の一柱・ロフノースが死者の軍勢を率いて全面戦争を開始する。事態を収拾するため、アルサリサはキードの脱獄計画に乗り出すが!?

ISBN978-4-09-453220-3 (ガろ2-3)　定価891円(税込)

GAGAGA

ガガガ文庫

負けヒロインが多すぎる！SSS

雨森たきび

発行　2024年 7 月23日　初版第1刷発行
2024年11月30日　第5刷発行

発行人　鳥光 裕

編集人　星野博規

編集　岩浅健太郎

発行所　株式会社小学館
〒101-8001 東京都千代田区一ツ橋2-3-1
［編集］03-3230-9343 ［販売］03-5281-3556

カバー印刷　株式会社美松堂

印刷・製本　TOPPANクロレ株式会社

Printed in Japan ISBN978-4-09-453201-2

第20回小学館ライトノベル大賞
応募要項!!!!!!!!!!!!!!!!!!!!!!!!!!!!!!

ゲスト審査員は裕夢先生!!!!!!!!!!!!!!!

大賞：200万円＆デビュー確約
ガガガ賞：100万円＆デビュー確約
優秀賞：50万円＆デビュー確約
審査員特別賞：50万円＆デビュー確約

第一次審査通過者全員に、評価シート＆寸評をお送りします

内容 ビジュアルが付くことを意識した、エンターテインメント小説であること。ファンタジー、ミステリー、恋愛、ＳＦなどジャンルは不問。商業的に未発表作品であること。
（同人誌や営利目的でない個人のWEB上での作品掲載は可。その場合は同人誌名またはサイト名を明記のこと）

選考 ガガガ文庫編集部＋ゲスト審査員裕夢

資格 プロ・アマ・年齢不問

原稿枚数 ワープロ原稿の規定書式【１枚に42字×34行、縦書き】で、70～150枚。

締め切り 2025年９月末日 ※日付変更までにアップロード完了。

発表 2026年３月刊『ガ報』、及びガガガ文庫公式WEBサイト GAGAGA WIREにて

応募方法 ガガガ文庫公式WEBサイト GAGAGA WIREの小学館ライトノベル大賞ページから専用の作品投稿フォームにアクセス、必要情報を入力の上、ご応募ください。
※データ形式は、テキスト（txt）、ワード（doc、docx）のみとなります。
※同一回の応募において、改稿版を含め同じ作品は一度しか投稿できません。よく推敲の上、アップロードください。
※締切り直前はサーバーが混み合う可能性があります。余裕をもった投稿をお願いします。

注意 ○応募作品は返却致しません。○選考に関するお問い合わせには応じられません。○二重投稿作品はいっさい受け付けません。○受賞作品の出版権及び映像化、コミック化、ゲーム化などの二次使用権はすべて小学館に帰属します。別途、規定の印税をお支払いいたします。○応募された方の個人情報は、本大賞以外の目的に利用することはありません。